私の『曽我物語』

新井恵美子

展望社

曽我兄弟が眠る二宮町の知足寺。兄弟の姉の花月尼（二宮の姉御前）が夫及び兄弟の冥福を祈念して開基した。

同寺にある兄弟の墓石。右より五郎、十郎、花月尼、二宮朝定。右は昭和 54 年皇太子浩宮殿下来訪記念碑。

錦絵にみる『曽我物語』

すべて秋澤達雄氏蔵

「赤沢山勇士相撲之図」歌川国芳（安政４年）。頼朝を慰めるために催された相撲大会で、兄弟の実父河津祐泰が連勝中の俣野景久を破り面目をほどこした。この時の技が「河津がけ」といわれ、今日まで四十八手のひとつに数えられる。しかし、その帰りに祐泰は殺害され、これが仇討の発端となる。

「頼朝公富士裾野狩之図」二代歌川国久（安政６年）。富士の裾野の巻狩の図で仁田忠常と巨大猪の格斗を中心に描かれている。

「曽我兄弟父の仇を討図」歌川国芳（弘化４年）。武士をいちいち描き込むことを避け、五郎を強調している。

「曽我十郎・虎御前・曽我五郎」橋本周延（明治14年）。明治に描かれた役者絵。右から市川團十郎の五郎、岩井半四郎の虎御前、中村富十郎の十郎。

「六本松跡」の説明板。

「六本松」の碑。

「曽我十郎・虎御前の『忍石』」説明板。

中井町の大日如来像と胎内仏。

山形県鶴岡市の龍雲院に安置されている大日如来坐像。

《目次》

あの日のこと……9
曽我の庄……27
兄弟の元服……43
十郎の恋……54
頼朝の時代……73
仇討前夜……81
富士の巻狩……91
母の涙……112
曽我物語遺文　消えた大日如来像……127
あとがき……139
年表……143
参考文献……145

私の『曽我物語』

あの日の事

「女子《おなご》はつまらぬものよ」と満江御前《まんこうごぜん》は何回もためいきをついた。御座船は静かに揺れていた。

安元二年（一一七六）の年の暮れであった。

冬の海は思いのほかおだやかで静かに東に向かっていた。弱々しい冬の日は、嘆き哀しんでいる満江御前の上で光っていた。

「あの日からわずか二月しか経っていないのに――」

またしても満江はためいきをついた。

それはこの年の十月十日のことだった。

その日は朝から晴れ上がって美しい日だった。満江の夫、河津三《かわづさぶ》郎祐泰《ろうすけやす》はすでに身支度を終っていた。六尺はたっぷりある長身の裕泰はどこから見ても美丈夫だった。

特に狩装束《かりしょうぞく》に身をかためたこの日の夫は、妻の目から見てもほれぼれするほど美しかった。

「どうぞ、お気をつけて」満江はそんな夫に言った。

「そちこそ、身重《みおも》なのだから無理せぬように」と夫は逆に妻をねぎらった。満江はその時、三人目の子を腹にかかえていたのだ。

「大丈夫ですよ、私はいつもお産は軽いんですから」と、そんな会話を夫婦はかわした。

その日は伊豆の蛭ヶ小島《ひるがこじま》に流刑《るけい》されていた源頼朝公の無聊《ぶりょう》を慰めるため催された巻狩《まきがり》が、伊豆赤沢山のふもとでひらかれたのだ。

父伊東祐親《いとうすけちか》と共にこの会の主催者側であった祐泰は張り切ってい

た。巻狩はその頃、武士たちの楽しみ事であって、狩場を四方から取り巻き、獣《けもの》を追いつめ捕らえる狩猟であった。

「奥野の巻狩」と呼ばれたその日の巻狩も無事終って、主賓《しゅひん》の頼朝公もごきげんだった。狩りが終るとその日の得物《えもの》を肴《さかな》に酒宴となった。

この日、集っていた豪族は伊豆、相模《さがみ》の者であった。宴が盛り上がるうち、伊豆対相模の対抗相撲をやろうということになった。頼朝公はこの年、二十九歳の若者であった。流人《るにん》ながらも伊豆の人々の尊敬を集め、平家側の監視もそれほど厳しくなく、自由に暮らしていた。

その頼朝公も宴の席では地元の豪族達との酒肴を楽しんでいた。相撲は相模の方が俄然強かった。特に相模の大庭景親《おおばかげちか》の弟俣野五郎《またのごろう》景久《かげひさ》が強くて、伊豆側は歯が立たない。

伊東祐親はわが子河津三郎祐泰が相撲の強者である事を知ってい

たので、ついに祐泰を出す事にした。

祐泰は珍しい技を駆使して、股野五郎景久を見事打ち破った。これが世に残る「河津掛け」である。美丈夫の祐泰が大男景久を投げ飛ばした様は見事で、後々の語り草となった。

宴はこうして終った。みな満足して、帰途につく。祐親、祐泰父子も満たされた気持で馬上の人となった。ところが、ゆったりとした気分で夕日の中を進んでいた父子が、突然物かげから現れた刺客に襲われたのだ。

先に行く父は辛くも逃れたが、祐泰は刺客の矢に討たれて、その場で命を失った。供《とも》をしていた下男の鬼王兄弟は河津の庄まで走りに走って、満江御前に急を告げた。

満江は取るものもとりあえず、二人の男の子を鬼王の馬に乗せ、自分は駕籠に乗り赤沢山麓に向った。

「一体何が夫の身におこったのか」

満江御前は朝方、さっそうと馬に乗って出て行った美しい狩姿の夫のことを思った。五歳と三歳の二人の男の子が、父の馬を追って峠まで走って行ったことまで思い出していた。二人の賢い少年の他に三人目の子まで宿している。満江はその時、これ以上ないほど満たされた朝を味わっていたのだ。

その夫の帰宅を待つ満江に届いたのは訃報であった。訳も分からぬままに赤沢に向った。たどり着いた時、夫は工藤祐経《くどうすけつね》の放った刺客二名によって弓で射殺されていた。物言わなくなった夫にすがって、満江は泣いた。そして二人の男の子を抱き寄せて言ったのだ。

「腹の中の子も良く聞け。一萬、箱王はよく分かるだろう。この父の恨み、きっと返してたもれ」

「あなた、この子等があなたの無念を晴らしてくれますよ」

満江は夫にそう語りかけていた。

それにしてもどんな罪で夫は殺されなければならなかったのか。

ただただ涙にくれて、夫の遺体にすがるばかりであった。

罪は夫祐泰にあったのではない。長い間の親族争いが、このような形で現れたのだった。

もともと伊豆半島は潮のよせ来るおだやかで豊かな土地だった。伊東氏と工藤氏はもとは同族であったが、長い歴史の中で領地争いが生じたのだ。両家とも先祖が平家と縁深く、共に安定した暮らしを営んでいた。時は平家の権力が日本国中を圧していたのだ。

しかも伊豆には平家の預り人である流人頼朝がいた。頼朝の言動を監視するため、都から役人がやって来る。ついでに都の文化も入ってくる。

殺された祐泰の父祐親は、早くに実父を亡くし祖父によって養われた。その祖父は次男祐継（つまり祐親の叔父）に幼い祐親を託し、この子が成人したら、全てをこの子の物にするようにと遺言して、伊東家の所領を預けたのだった。

ところが叔父はこの約束を守らず、所領を祐親に渡す事なく自分の物としてしまった。どうにも納得の行かない祐親は、長い間叔父を恨んでいた。

そんな折、叔父祐継が死去してしまう。祐継には幼い祐経が残された。病床で祐継は祐親に後見を依頼したのだった。祐親は好機到来とばかり、まず自分の娘万却御前を祐経の嫁にした。その上で祐親は祐経夫妻を上洛させて平家に仕えさせた。

それは祐経にとって、この上ない幸運であった。平家の人々の持つ公家文化を身につける事も出来た。これが後々源家に仕える際に大いに役立つ事になるのだ。

京都での生活に満足し切っていた祐経夫妻だが、故郷伊豆での事情は知らなかった。しかしたまたま帰ってみると、祐親の野望は明らかになった。

祐親は自分が伊東家の正統な嫡流であるとの思いから、叔父によって河津に追いやられていた恨みを返し、祐経の留守の間に伊東の本領を奪って、自分が河津の庄から伊東の庄に移り住んでいたのだ。

驚いた祐経は京都にもどり六波羅の平氏に直訴したが、祐親の政治力で訴訟に破れてしまう。平氏は伊豆の片田舎の領地争いなど、本気で取り上げる気はなかった。平氏と親しかった祐親の意向の方を重く取り上げ、嫡流である以上、そうすべきとの結論を言い渡したのだった。

所領を取りもどした祐親は、祐経の妻になっていた娘万却を取り上げ、相模の武士・土肥実平《どいさねひら》の嫡男遠平《とおひら》に嫁がせてしまった。祐経の怒りは頂点に達した。祐親を大いに憎んだのは当然である。祐親とて、祐経の自分に対する恨みに気づかぬ訳はなかった。

しかし平氏という強い後ろ盾があることに気を許し、安閑《あんかん》としてしまった。安元二年の祐泰の受難はこうして、起こるべくして起きたのだった。

祐経の送った郎党の大見小藤太成家《おおみことうたしげいえ》と八幡野三郎行氏という二人の刺客によってついに祐親と祐泰父子は狙われた。

河津の庄から駆けつけた満江は声を上げて泣き続けた。

五歳と三歳の兄弟は母の泣き声と父の亡骸《なきがら》を長い間、体いっぱいで聞き続け、見続けていた。祐親は手指を射られただけで命拾いしていたが、最愛の息子を死なせてしまったという絶望が、彼を襲っていた。

哀しみにくれる人々の真ん中で物言わぬ遺体は無念そうに空を見上げていた。空は少しずつ暗くなり、哀しむ人々を包もうとしていた。そしてようやく人々は、哀しみから立ち直りのろのろと動き始めた。

満江御前も泣きながらも健気《けなげ》に立ち上がり、鬼王、丹三郎の兄弟に命じて夫の遺体を河津の地に運ばせようとしていた。

河津三郎祐泰はこの年、三十一歳。美丈夫が一瞬にして、亡骸となって馬に乗せられて河津の庄に帰って行った。河津の地こそ祐泰の眠るべき地であった。

しかし父親の祐親はどこまでも伊東の庄にこだわった。伊東には伊東氏の菩提《ぼだい》寺東林寺がある。ここそ祐泰の眠る所と強く主張し、後に遺体を移させた。東林院と名乗った祐親は出家してわが子の菩提を弔った。

満江御前にしてみれば、短い日々だったが幸せな時を送った河津の館こそが夫祐泰との大切な所だった。今となってはとにかく三人目の子の出産を果たした後、夫の菩提を弔いたい。

「私の生きる道はそれしかない」と心に決めていた。

運命の子は父親の喪の明けぬうちに生まれた。

満江御前にはもうこの子を育てる気力がなかった。父祐泰の弟の祐清《すけきよ》夫婦に貰ってもらう事にした。

ところで、満江には祐泰と結ばれる前に源左衛門仲成《なかしげ》という夫がいた。有名な源三位《げんさんみ》 源《みなもと》 頼政《よりまさ》の子仲綱《なかつな》が伊豆の守に任ぜられた。しかし仲綱は任地にやって来ることはなかった。国司代理として伊豆に来たのが仲成であった。仲成は三島の国府にいて伊豆一国の政治を取り仕切っていた。

満江御前の祖父狩野茂光が地元代表として仲成に仕えた関係から満江御前は仲成に嫁いだ。

この最初の結婚生活は四年で終ってしまう。夫仲成の四年間の任期が終って京都に戻ることになったのだ。すでに二人には一男一女があった。男の子は信俊、後に京ノ小次郎と名乗る人物である。女の子は後に相模国渋見の庄の地頭、二宮太郎朝忠の夫人になる。

この二人が曽我十郎五郎の異父兄（姉）である。

夫仲成は妻子を愛していたので共に京に戻りたかったのだが、祖父茂光が孫娘満江を遠くにやりたくなかった。茂光の考えは頑強で、満江が夫と共に京へ行くことを許さなかった。可愛い孫娘を遠方にやることをよしとしなかったのだ。

そんな事で満江は最初の結婚生活を中断させられた。泣く暇もないまま、満江は二人の子供を連れて狩野の実家に戻った。

それから幾年も経たないうちに新しい縁談が舞い込む。それが河津三郎祐泰の住む河津の庄への再嫁であった。結局最初の結婚は四年に過ぎなかった。

前夫との別れからあわただしい再婚へと、若い満江御前は、まるで駒のように大人たちの都合によって動かされていた。二人の連れ子を伴っての再婚であった。

夫となる河津三郎祐泰は伊東次郎祐親の嫡男として、河津の庄の地頭となっていた。しかも初婚であった。あえて、子連れの再嫁者を迎える理由はない。ひとえに満江御前の美貌が祐泰の心をとらえたのだった。満江の前夫が京の人、国司代理という高い地位にいた事も、彼女の女としての値打ちを高いものとしていた。

満江御前も祐泰に会うなり、彼の美丈夫ぶりに心を打たれた。それは前夫との哀しい別れを忘れさせてくれるものだった。

河津の庄は同じ伊豆ながら南に面していて、明るい土地であった。満江御前の育った狩野は、内陸で河津のような開放感はない。そんなのびやかな地の立派な家に迎えられた満江御前は、満たされた新生活を送っていた。

その幸せに満ちた中での夫との突然の死別であった。哀しみの中で生まれた三番目の息子の顔もよく見ないで夫の弟夫婦に託したのは、夫の四十九日を機に髪を下ろし仏門に入る覚悟だったからだ。仏門に入って夫の霊をなぐさめる。それが自分のなすべき事だと考えていた。

河津の里で五年間の幸せな暮らしを与えてくれた夫祐泰の恩に報いるには、それしか道はないと考えていた。

生まれたばかりの息子を手放したのも、満江御前の悲壮な決意の故であった。こうして、いよいよ黒髪を切ろうとしていた時だった。祐親があわただしく駆け込んで来た。

「何を血迷っている。祐泰はそんな事は喜ばぬ。それよりも祐泰の残した二人の男子を立派に育てるという任務がそちにはあるじゃろう」

満江御前は涙にぬれた顔を上げた。かたわらに立っている二人の息子を思わず抱きよせた。そうだ、自分が尼になって亡き夫の菩提を弔えば、自分の満足は行く。しかし残される二人の子は孤児として生きて行かねばならない。私にはこの子等を無事成人させる役目がある。満江御前はハッとした。

満江御前の気持が変わったところに間髪入れず祐親はおもむろに、一つの縁談の事を言い出した。

「相模国に曽我太郎祐信《そがたろうすけのぶ》と申す武人がいる。自分の姉の子で甥に当るが、中々の強者である。人物は保証出来る。その者が妻を亡くして後妻を探している。その祐信がそちを見初めて、嫁に来て欲しいと言って来ておる。どうかね」と一息に言った後、「祐信は連れ子の子ども達を粗略に扱う事はない。大切に成育させてくれるだろう」と祐親は満江御前をくどいた。

「伊豆は何かと不穏である。子ども達に災難がふりかからぬとも限らん。相模に行くことはその意味でも好都合ではないか」

満江御前は、義父祐親の話に心を動かされた。それは理にかなっていた。亡き夫ももしかしたら自分が尼になって霊を弔うよりも、新しい天地で母子の暮らしを立てる事を望むのではないか。

そんな風に気持を動かされた頃、当の祐信がやって来た。以前から満江御前を美しい女だと思っていた祐信は、彼女を尼にさせてはならじと焦ったのだ。

こうして縁談はまとまり、満江御前は曽我の庄に嫁ぐ事になった。

三回目の結婚である。夫を見送ってからやっと二ヶ月。まだ涙も乾かない。出来ればずっと泣いていたい。だが、満江にそれを許さない事態があったのだ。

涙をふいて、立ち上がった満江は連れ子であった二人の子、男の子と女の子を祐親に預け、祐泰との子、十郎と五郎を伴って曽我に旅立とうとしていた。義父祐親は女と子どもの旅を案じて、船を用意してくれた。箱根越えはあまりに過酷だった。

下田港を出た船はひたすら東を目指す。波は平らかで、ふりかかる弱い冬の日はおだやかだった。

満江御前は小袖の裾を合わせながら、もう一度つぶやいた。

「女子というものはつまらないものよ」。

彼女の心の中には亡き夫祐泰との五年間の日々が去来していた。血に染まる夫の姿もくり返し脳裏に浮かぶ。しかし今は何もかもを忘れて新しい土地に向かわなくてはならない。

母の複雑な思いも知らず子ども達は初めての船旅を珍しがって、キャッキャと騒いでいた。「魚が飛んだ」「船がゆれてる」「島が見えた」と見るもの聞くもの珍しくてならない。

伊豆の山々が消えて行っても少年達は何の感傷もない。住み慣れた伊豆が遠くなっても、父を失った寂しさも少年達には無縁だった。ただ前へ前へと向いて行く。

息子達のはしゃぐ姿に、満江御前も思わず吸い込まれて、ふっと笑った。

そんな母子の思いを乗せて、船は国府津《こうづ》舟着場に着いた。舟着場には下男の鬼王、丹三郎兄弟が来ていた。

「鬼ちゃんだ。丹ちゃんだ」と二人の男の子は歓声を上げる。船で運んで来た母の花嫁道具が下ろされ、最後に満江御前が裾を持ち上げながら下船した。

旅の装束ではなくあえて着流しにしたのは、たとえ三回目であろうと子連れであろうと、一応花嫁であるのだからそれにふさわしい衣装を身に着けていた。

出迎えた鬼王兄弟はそんな母と子を見て、「なんと美しい三人か」とためいきをついた。三人は輝くばかりに美しかった。

鬼王兄弟はこの後もこの母子の下僕《しもべ》として生きて行くのだが、彼らはこの母子の深い哀しみを知ってるわずかな人間だった。

曽我の庄

国府津舟着場で上陸すると、曽我の庄は目と鼻の先だった。用意された駕籠に乗るのは満江御前。子ども達は歩きたいと言い出して、走り出した。時々疲れると鬼王達の肩に乗った。

見知らぬ土地を歩く事が五歳と三歳の男の子には、たまらなくわくわくする事らしい。

駕籠の中の満江は思わず笑った。生涯に三度も結婚をさせられる自分。そういう運命に翻弄《ほんろう》されるわが身をただただ哀しんでいた。

これから行く曽我の庄の領主曽我祐信が、どんな人物であるのかも分からない。ただ相手方が自分を望んだという事しか分からない。

三十歳近くなった満江は女盛り、そんな不幸の過去を持ちながら、妖婉《ようえん》な美しさに満ちていた。そして二人の男の子も美しかった。

曽我の庄の人々は野良の仕事の手を休んで、この美しい母子を見つめていた。

「何と美しい母子だろう」と口々に言って、その時の衝撃をのちのちまでも語りついだ。

曽我祐信の支配する庄は、広大で豊かな畑地が広がっていた。土地の者は祐信の邸を城と呼んだ。その城の前で駕籠から下り立った満江御前は言葉も出ないほど華やかだった。

満江を美しく見せていたのはその装束にもよった。当時、伊豆は平家に支配され、都の人々との交流もあり常に都の文化が入って来ていた。伊豆の女達の着るものも垢抜けていたのだった。満江は最初の結婚で都の男、国司代と結ばれていた事もあって、伊豆の中でも特別都の粋を身につけた女であった。

その母のかたわらに二人の男の子が立った。その様子は絵のように美しく、末代までも言いつがれるほどのものだった。

この城の主人祐信も三人を迎え、大いに満足していた。祐信は前妻を病で失い、三人の子を抱えて困っていた。後妻を迎えるにしても、男は自分の気に入った女を選びたい。そんな矢先、以前から秘かに憧れていた満江御前の不幸を知った時、迷う事なく満江の父祐親にその事を伝えた。満江が髪を下ろして尼になると言い出した時には、祐親と共にあわてた。

祐親の「子等を養育する義務がある。そちが仏門に入ってしまったら、この子等はどうすれば良いのか。わしはもう年老いてしまった。その役は引き受けられない」の言葉に満江は涙の中で心を決めたのだ。

「そうだ。最愛の夫が残した二人の子を立派に育てる事こそ、自分の役割であるはずだ。曽我祐信殿のお力を借りるしかない」と満江はしっかりと気持を決めた。

前夫の死去からわずか二ヶ月。「年内に来て欲しい」と言う祐信の意を汲んで、この日、曽我に向かったのだった。

義父祐親の脳裏には、祐泰殺害の後の伊豆の領土争いのくすぶりが残されていた。孫二人のためにも、伊豆より曽我で育つ方が安心であろうと祐親は考えた。その願いの通り、人格者である祐信は不仕合せな伊豆の母子を暖かく迎えてくれた。

その祐信には先妻との間に三人の男の子がいた。虎太郎祐綱、三郎祐次、加茂次郎祐兼である。満江の伴った二人の子、一萬と箱王を足すと五人の男子となる。

祐信はこの子等を差別することなく、全てを実子として扱った。むしろ満江の連れ子達の方を大切にしてくれた。この地での祐信の権勢は大変なものであったから、満江母子もおのずと大切に遇された。家には使用人も多く、奥方様としての満江御前は恵まれた日々を送っていた。祐信はもちろん、新しい妻を大切にした。

満江の心の中からあれほどに悲嘆にくれた前夫祐泰のことさえ少しずつ消えて行き、新しい暮らしになじんでいった。

二人の男の子も養父の心の広さに救われ、何不自由なく成長していった。母子共に曽我の庄での日々に満足していたのだ。

しかし、世の中は音を立てて変わって行った。一萬、箱王兄弟の祖父祐親は時代の逆流の中であえぎ始めていた。

兄弟の父、河津三郎祐泰の赤沢での受難も、もととなった原因は祖父祐親と工藤祐経との領土争いだった。伊東家は平氏と近い間柄であったから、領土争いの裁判も平氏の力で守られていた。

そんな伊東家に対抗するには、工藤家は源氏の勢力を頼らなければならなかった。この二家の選択が後の運命を決して行く。

工藤家が頼った源氏はまだ力を得てはいなかった。「平家にあらざれば人にあらず」と言われ、平家は栄華《えいが》を極めていた。まさかその平家が滅びる日が来るとは誰も想像出来なかった。

伊豆には源氏の棟梁源頼朝が流人として送られていた。源氏が滅びる際、池禅尼《いけのぜんに》の助命によって殺害される事を免《まぬが》れた少年頼朝は、伊豆の蛭ヶ小島に幽閉される事になった。当時、狩野川の中洲としていくつかの小さな島が浮かんでいたが、蛭ヶ小島はその一つである。

都を遠く離れて、わずか十四歳で流刑の身となった頼朝だが、どこまでも気丈であった。最初にこの頼朝の監視役となったのが伊東祐親であった。祐親はもともと平重盛《たいらのしげもり》家を領家《りょうけ》と仰いでいた事もあり、平氏の家人《けにん》として、都でも重要な地位を保っていた。

その祐親が平氏全盛の時代、都に出ていた時の事だ。頼朝は祐親の三女八重姫と恋に落ち、千鶴丸と名付けた男の子まで成していた。

八重姫はこの地方でも美女と誉れ高い女性だった。

都で大番役を果して伊豆に戻った祐親は、この事を知り大いに怒り、三歳になっていた千鶴丸を松川の上流に沈めて殺してしまった。八重姫は頼朝と引き離されて、他家に嫁がされてしまった。そればかりではなく祐親は頼朝を討とうとさえ計画した。

この一件は祐親の子、河津三郎の弟が見かねて、頼朝を北条時政のもとに逃して、事なきを得た。

祐親がこうして頼朝と対立していったことは明らかである。祐親の嫡子河津三郎祐泰が赤沢山麓で無残な死をとげたのは、八重姫事件の少し前のことだった。

祐親と領土争いで対立していた工藤祐経は、源頼朝に仕えるようになる。祐経の弟祐茂は宇佐美にあって、早くから頼朝を支援していた。祐親は赤沢山麓の受難の直後、仏門に入り髪を下ろして伊東入道をと名乗っていた。

その祐親はひたひたと打ちよせる頼朝の勢力の強さに恐れ始めていた。祐親の次男祐清の妻が頼朝の乳母比企《ひき》の尼の三女で、頼朝の付人安達藤九郎盛長《あだちとうくろうもりなが》の妻の妹である関係から頼朝に近い立場になっていた。

しかし、世の中はまだまだ平家の時代、頼朝はその流人に過ぎなかった。都の平家の力を知っている祐親は、どこまでも平家側だった。

祐親の横車で八重姫との恋に破れた頼朝だったが、伊豆の女性達はこの若き貴公子を放ってはおかなかった。

祐親の後、頼朝の監視役となった北条時政が大番役となって都に行ってしまうと、頼朝は時政の長女政子と良い仲となる。万寿御前と呼ばれていた。

都から帰って、時政は非常に驚き、怒る。時政は政子を平氏の山木兼隆に嫁がせる約束だったのだ。しかし政子の決意は固かった。

父親の怒りをはねのけて、伊豆山権限の密厳院《みつごんいん》に逃げ込み一歩も引かない。気持の中では頼朝の将来を期待していた時政は、若い二人の行動を見て見ぬふりをした。

政子は頼朝への恋を成就《じょうじゅ》し、頼朝は北条時政と言う強い味方を得たのだった。それから四年目の治承四年（一一八〇）に頼朝のもとに、都の以仁王《もちひとおう》の令旨《れいじ》が届く。それは「源氏立つべし」と促す文書であった。以仁王は平氏によって悲運な生涯を送った皇子だった。平氏打倒の令旨は全国に散っていた源氏の人々に伝えられた。

この年の夏、八月十七日、伊豆北条で頼朝は挙兵し山木兼隆を討ったが、三浦氏の軍との合流を望んで相模に進出し、石橋山に布陣した。しかし、二十三日夕、大庭景親《おおばかげちか》勢がこれを強襲し三浦軍との合流を阻止され、大敗する。頼朝は箱根山中を経て土肥郷湯河原、真鶴町に脱出、二十八日真鶴岬から海上を安房《あわ》に渡り、再挙を図ることになった。

この戦いの際、伊東祐親は伊豆から三百余騎を率いて参戦し、頼朝軍を打ち破る。しかし時代は動いていた。千葉に逃れた頼朝軍は東国の武士団を吸収してついに相模の鎌倉に入った。

頼朝らの挙兵のことはすぐに都に伝わった。東国反乱を鎮圧するために平維盛《たいらのこれもり》を総大将とする遠征軍が送られた。

十月十八日、駿河の富士川西岸に布陣した平家軍は、水鳥の飛び立つ羽音を大軍の来襲と勘違いして、総崩れとなって逃走したのだ。

この戦いの時も祐親は平家の軍に加わるため、伊豆の鯉名の浦から兵を出そうとしていた。そこで源氏方に捕らえられ、頼朝の面前に引きすえられる。

が、頼朝の妻政子がこの時、第一子頼家を無事出産した事から恩赦により祐親は許され、婿である三浦義澄の館に預けられるが、この事を恥じ、この館で自害してしまったのだ。

こうして伊東家は滅亡してしまう。伊東家が所持していた領土は全て工藤家の物となる。平氏に最後までついた伊東の惨めな没落に対して、まだ流人でしかない頼朝を助けた工藤家の繁栄は大変なものだった。

工藤祐経は若い日、祐親に連れられて都に出て、平重盛に謁見する栄誉に浴し、武者所に出仕する事が出来た。平家は繁栄の真っ只中にあって、武功ばかりでなく、公家の文化にも染まり、武者所にもそんな繊細《せんさい》さが要求されていたので、祐経は間もなく武者所の筆頭にまで出世する。当時祐経は祐親の娘と結婚し、充実した日々を送っていた。

祐親はそんな祐経夫婦を都に残し、一足先に伊豆にもどり、工藤が持っていた領地をわが物にしてしまったのだ。工藤の怒りは頂点に達し、源氏方に味方するようになった。

頼朝が力をつけ、弟の義経や木曽義仲らの活躍により、平家をついに西海で滅ぼし、鎌倉幕府を樹立した。その時工藤は、御家人として頼朝の側近にとり上げられるが、珍重されたのは祐経の持つ都の文化であった。

祐経は在京の間に身につけた舞楽《ぶがく》に長《た》けていて、それが頼朝の心をとらえた。流人であった頼朝は都から遠く、文化とかけ離れた暮らしを続けていたからである。

いつの世も戦乱に勝って、平和を勝ち取った武将が次に求めるのは文人派の家来だった。頼朝も祐経を重く用いる事になる。また祐経は、皇族や京都の公卿達が鎌倉を訪れる折の接待や公の儀式の運営なども優れていた。

一の谷の合戦に破れた平重衡《たいらのしげひら》が鎌倉に護送された折も、頼朝を助けて祐経は見事な饗応をする事が出来た。まもなく処刑される平重衡であったが、そのもてなしは後世に残るものであったという。

また、静御前《しずかごぜん》が鶴岡八幡宮で舞った折には、祐経は鼓を打ち、歌謡を歌って頼朝の面目を施した。

工藤の家はこのように繁栄し輝いて行く。が、それに引きかえ、当主を失い領土まで無くした伊東家は静かに衰退して行った。ただ祐親の才覚で、満江御前と二人の男の子一萬五歳、箱王三歳を曽我の庄に移したことは何よりの救いであった。

彼等を暖かく迎えた曽我祐信は、元暦元年（一一八四）の一ノ谷の合戦には源《みなもと》範頼《のりより》の軍に加わり働いた。文治五年（一一八九）の奥州攻めの折も藤原泰衡《ふじわらやすひら》征伐に武功を立てている。祐信は自身の判断で台頭著しい源氏方についた。その事は頼朝に高く評価され、御家人として高い地位にあった。

だから曽我の家は安泰であった。二人の男の子を実子として迎え、何不自由ない少年時代を送らせてくれた。

三回も結婚を繰り返すわが運命を嘆いていた満江御前もやがて祐信の大らかさに包まれ、新しい境遇に身をゆだねるようになっていた。少しずつ前夫の悲壮な最期のことも歳月と共に薄らいでいた。

しかし、少年達は忘れてはいなかった。

「新しい父は確かに良くしてくれる。でも自分達の父はあの日、無惨に殺されたのだ。それを忘れてはならない」と互いに言い合った。

伊豆から母子を守ってきた下男の鬼王、丹三郎も事あるごとに、「前の旦那様の無念を忘れてはならない」と兄弟に言った。鬼王兄弟はあの赤沢山の悲劇の日、この家の不幸を見ていた。

もともと鬼王兄弟は身寄りのない子どもだった。救いの手を差し伸べたのが、河津三郎祐泰だった。祐泰は鬼王達を引き取り、衣服を整え、学問まで授けてくれた。

おまけに武道までもこの子等に与えてくれた。鬼王兄弟にとって祐泰は、神にも等しい存在だった。その旦那様が無慈悲に殺されてしまった。

あの時、満江御前は「お腹の中の子もよく聞け。二人の兄弟は五歳と三歳なのだから、この母の無念が分るだろう。必ずこの父の仇を討ってくれよ」と泣いた。鬼王兄弟も泣きながらその風景を見ていた。そして忘れる事はなかったのだ。

曽我の庄まで母子について来た鬼王兄弟は、影になり日向《ひなた》になり母子を見守ってきた。

母子が新しい環境に慣れ、敵討ちの事など忘れ果てている様子を見るのは残念なことだった。前の旦那様が可哀想すぎる。

「あなた方の父上は、あの日命を落としたあの方しかいないのだよ」と言い暮らした。

その頃のことだ。一萬と箱王は曽我の庄の夕闇の中にいた。空を見上げていた二人は同時に言った。

「見よ、空を飛ぶ五羽の雁を。最初に飛ぶのはお父さん。最後はお母さん。中の三羽は子ども達に違いない」「雁でさえ両親が揃っているのに、我等には父がない」

二人はそう言って泣いた。どんなに義父に良くして貰っても違うのだ。

二人の耳にあの日の母の言葉が蘇って来た。

「腹の中の子だにも母の言うことをば聞きしるものを。ましてや汝等は五つや三つになるぞかし。十五、十三にならば親の敵を討ちて、妾《わらわ》に見せよ」

母は二人をかき抱いて、何度も言った。あの母の声がまだ耳に残るのに、そんな事は忘れ果てて、新しい暮らしに満たされている母を、兄弟は情けないと思うのだった。

「鬼ちゃん達の方がずっと偉い」

兄弟は竹の棒を振り廻して仇討《あだう》ちの真似事をした。すでに「父親の仇を討つ」という事が兄弟の目標になっていた。

武道も学問も人一倍努力して、仇討ちの時を待った。それは秘めた二人の思いであった。そのためにはどんな労苦も厭《いと》わないと、心に決めていた。

兄弟の元服

ある秋の夕暮だった。一萬と箱王はいつものように敵と味方に別れ、戦《いくさ》ごっこをしていた。それは少年達のただの遊びのように見えた。そこを通りかかった下女のキヨはふと足を止めた。兄弟の言葉に驚いたのだった。

「わが父の敵、工藤祐経、待て。そして我等の刀に討たれよ」「工藤祐経、お前等に討たれる道理はない」「ヤーヤー」「ワーワー」

キヨはあわてて満江御前にこの事を伝えた。

「よく伝えてくれました。子ども達にはよく言って聞かせます」

この時、満江御前は二人の子にこう語った。

「そなた等は何を考えているのか。曽我殿がどれほどそなた等の事を思って下さっているか分からないのか。それに時代は変わってしまったのだ。相手は天下を手に入れた源氏第一の家来になっている。とても我等の力では及ばない。もうあきらめよう」

母はこんこんと二人の子に語った。あの日、

「大きくなったら必ず敵を討ってくれ。それを我に見せてくれ」

と言った母はもういなかった。

兄弟は鬼王達に泣きながら訴えた。母が言ったのは、今の父、曽我殿に迷惑がかかってはいけない。曽我殿は源氏の御家人として頼朝公に重く用いられているのだ。その地位を犯してはいけない、という事だった。「この平穏をこわしてくれるな」と母は言うのだ。

鬼王達は無言でうつむいた。残念でならなかったのだ。

　こうした一抹の不安が工藤側に伝わった訳でもないのに、工藤は「曽我にいる兄弟が、いつか自分を討とうとするかも知れない」と心配をするようになっていた。

　しかし、工藤は栄達を重ね、その地位はますますゆるぎないものとなっていた。天下は頼朝の時代だった。

「そんな子どもに何が出来るものか。笑止千万だ」

　油断していた。それでも心のどこかでは心配していた。いつか仇を討たれるかも知れない。「この兄弟を生かしてはおけない」という思いは常に工藤にはあった。

　兄一萬が十一歳、弟箱王が九歳になった年のことだ。工藤はついに行動に出た。頼朝が伊東祐親を深く憎んでいるのを知っているから、一計を企てた。

「殿が昔、八重姫と契《ちぎり》を結んでおられた頃、八重姫の父親伊東祐親の心ない仕業《しわざ》でお二人の仲を割《さ》かれたあの事を、まさかお忘れではないでしょう」

頼朝は久方ぶりにあの一件を思い出した。

工藤は「あの祐親の孫が曽我にいて、将軍家をおかそうと計画をしているそうです。不穏の芽は早めに摘んでおく事です。殿にとっては何でもない事です」

と頼朝を口説いた。頼朝はその話を信じて工藤に言った。

「良きにはからえ」

その少年達を殺してしまえと言う事だ。工藤は早速行動に出た。曽我祐信を呼びつけ、兄弟を差し出すよう命じたのだ。祐信はその命令が頼朝公から出たと聞かされれば、逆らう事は出来なかった。

由比ヶ浜に引き出された兄弟は、泣き叫ぶ事もなかった。ただじっと前を見つめていた。年端も行かぬひよわな少年二人は、されるままに由比ヶ浜に引き出され、じっと座っていた。

それが憎き敵、工藤の仕業である事を二人は知っていた。

「敵《かたき》を討つ」

そのために日頃、努力を重ねて来た二人の目標も万事休すだ。

「討つなら討て。我等は死んでもそなたを恨み通し、恨み殺してみせる」

きっと両目を見開き、工藤を見ていた。これが兄弟が始めて見た敵、工藤祐経の姿だった。

「忘れてなるか。この敵の顔を」と二人は工藤の顔を見続けた。

この少年達の危機を救ったのは、頼朝の家来の畠山重忠《はたけやましげただ》と和田《わだ》義盛《よしもり》の助け船だった。この時、何故この二人の家来が少年達を助けようとしたのかは分からない。

二人がもともと工藤祐経のやり方に不満を持っていたのは確かだ。武人派の二人は早くから頼朝に帰服し、数々の戦功を立てて来た。しかし工藤は、ただ笛や太鼓で頼朝を喜ばせ、一人出世街道をひた走っている。

日頃から工藤に対して、不満を持っていた二人は、この罪もない少年達の処刑を止めさせようとした。

「殿、思い出してもみて下さい。殿は十四歳のお命を情け深い池禅尼殿に救われたのではございませんか」

「このいたいけな少年達が、将軍家にどんな災いをなすというのですか。無益な殺生は御家の発展に汚点となるものです。おやめ下さい。殿ほどの慈悲深い方のする事ではありません」

二人の説得は頼朝の心に届いた。二人の処刑は中止となった。

工藤は当てが外れて呆然とした。と同時に文人派の自分が、武人派の畠山ら敵対する相手を持っていることを実感した。

「油断は出来ない」さすがに目から鼻に抜ける工藤である。

この一件以来、兄弟に手を出す事はなくなった。頼朝の不興を買う事だけは絶対にしてはいけない事だった。

それらの経緯《いきさつ》については、兄弟の知る所ではない。解放されて、喜び勇んで曽我に帰った。二人を出迎えた母は二人を抱きしめて、ただ泣いた。

「大変な思いをしましたね。どんなに怖かったでしょう。二度とこんな事がないようにお稲荷様にお願いしましょう」

そして、「これからは継父上の御慈悲のもと、ご迷惑のかからぬように致しましょう」

満江御前はどこまでも女である。子等の無事、自分の身の安全。そのための夫の仕事の順調をひたすら祈り、手を合わせるのだった。

再び曽我での日々が始まった。兄弟は継父と母のもとで再び歩き始めたのだ。しかし二人の心の中に由比ヶ浜で見た敵、工藤祐経の顔が大写しになって残された。この一件は兄弟の敵愾心《てきがいしん》をいよいよ強め、仇討ちの覚悟を固めさせるものとなったのだ。

しかし、大人たちはそんな兄弟の気持を見抜く事が出来なかった。このまま成人して、継父の築いた地位を継ぐ者になってくれるに違いないと考えていた。

そうこうするうち、文治二年（一一八六）正月を迎えると兄一萬の元服の日がやって来た。十五歳になった一萬は継父を烏帽子《えぼし》親として、盛大な式を開いて貰った。これより一萬は継父の一字を貰って、曽我十郎祐成《すけなり》と名乗ることになる。

あえて、この兄に十郎を名乗らせたのには実はこんな訳がある。

この子等の祖父伊東入道祐親は、幼い日非業の中で父を失ったこの子を憐れみ、曽我に住むようになってからもわが子のように考えた。一萬は嫡孫である。祐親の実子、一萬の父の弟祐清の次に準じていた。そこで祐清の伊東九郎の弟ということで十郎と名乗らせたいと何かにつけて言っていた。

その祖父は自害して果てたが、母たちはこの事を深く受け止めていた。継父祐信と母は、この子の元服後の名に「十郎」を選んだのだった。

元服姿の十郎は、十五歳の少年には見えない立派なものだった。母は心から安堵した。次に母は弟の箱王を兄から引き離す事を考えた。箱王は兄以上に敵討ちに燃えていたのだった。

この時、母が考えたのは、この子を箱根権現に稚児として預ける事だった。十三歳の秋半ば、箱王は母に説得されて箱根権現の寺で僧侶の修業に入る。箱根権現の別当に預けられたのだった。

もともと、実父河津三郎祐泰は箱根権現を深く信仰していたため、母は別当とも面識があった。別当に次男箱王を預けることに決めたのは、仏門に入れば殺生は許されない。

「この子を僧形にしてしまえば、敵討ちの可能性はなくなる」。

継父の祐信もこの考えに同意した。両親は何よりもこの子等の将来の安泰を願ったのだ。

当の箱王は二年余り仏門の修行に耐えたが、いよいよ明日は剃髪予定という前夜、山を抜け出し鎌倉に向かった。

その時、兄十郎も途中で箱王を出迎えた。二人は揃って鎌倉の北条館を目指した。執権北条時政は伊東家と同様、伊豆の豪族であった。

兄弟の祖父と同様、流人頼朝の監視役であった北条時政は、娘政子が頼朝と通じたのを知ると、頼朝の源家再興の夢を助けて緒戦で活躍した。頼朝が晴れて天下を取った時、代官となり実力を握った。

兄弟が北条を頼ったのは時政が以前から、兄弟に同情を寄せてくれるのを知っていたからだ。以前にも二人はたびたび北条館を訪れていた。その都度北条家は二人を暖かく迎えてくれたのだ。

事情を話し、箱王の元服の烏帽子親《えぼしおや》になって欲しいと懇願すると、時政は即答で願いを受け入れてくれた。

時政はこの子に五郎時致の名を与えた。時政の子義時が、江間小四郎と名乗っていたので、その子の下の子という意味で五郎と名付けられ、時政から時致の名が与えられた。五郎時致の誕生である。

兄が十郎で弟が五郎になってしまった成り行きはこういう事であった。

ともあれ、剃髪をまぬがれ、無事に元服をする事が出来た。兄弟は母のもとに報告に行った。母に背いて寺を抜け出した事はうしろめたかったが、久方振りの母子の対面は心はずむ事であった。

しかし、母はすげなかった。「勘当する」の一点張りである。その上母は言う。

「わが亡き夫こそ、哀しい人だ。子の箱王が仏門に入り、おのれの霊をなぐさめてくれるものと思いきや、その子は寺を抜け出してしまった。情けない事よ」と言って泣いた。

母に勘当された五郎は親族の家を泊まり歩き、笠懸《かさがけ》をして日を送った。元服はしたものの不本意な日々であった。

十郎の恋

弟五郎と母の行き違いを何とか調整したいと考えながら、十郎はどうして良いか分からず悶々としていた。

そんな折だった。十郎は思いがけない人に出会った。母満江が最初に結婚した折に産んだ子、京ノ小次郎だった。小次郎の父源左衛門仲成は都から国司代理として送られた役人であった。

十郎、五郎にとって異父兄であった。仲成が任期を終えて、京に戻る事になって、この結婚は終焉《しゅうえん》を迎えるが、この小次郎と姉は母の連れ子として河津の庄で、継父が非業の死を遂げるまでの短い間だったが、共に暮らした歳月もあった。

この兄に十郎は父の敵討ちの話をした。持ちかけるというよりは、冗談交じりの雑談だった。しかし京ノ小太郎は一笑に付した。

「時代を考えよ。今は敵討ちなどする時ではない。源氏の政権が樹立した今、世は新時代を迎えたのだ。不満があれば訴訟すれば良い」

と、にべもない返答だった。

母を同じくしながらも父の無念はこの兄には伝わらないのだと十郎は思い知った。この一件が母に伝わってしまった。

「まだそんな事を言っているのか」

母は十郎に「大磯に行ってみよ。良い事があるかも知れない」と言った。気に入った女性でも見つければ、敵討ちを忘れるかも知れないと母は考えたのだ。

二十歳を過ぎた十郎に、女性のかげはなかったのだ。母として、それはそれで心配な事だった。

大磯はその頃、鎌倉への宿場として、大変に繁栄していた。五郎は即座に言った。「敵は必ず大磯を通る。それを見張るためにも大磯通いは好都合だ」と。十郎は「それもそうだ」と重い腰を上げた。

二十歳の秋だった。大磯の木々も紅《あか》く染まっていた。十郎はふらっと一軒の宿《やど》に入った。何の前知識もなかったから、気まぐれにその宿に入ったのだ。

そこで出会ったのが遊女虎御前だった。虎御前は美しいばかりでなく、楚々とした寂しそうな風情のある女だった。そんな虎御前は十七歳。一目見るなり十郎は心を奪われた。二人は恋に落ちたのだ。

十郎の心を一気にとらえた虎御前とはどんな女性だったのか。

虎という遊女の母も平塚宿の遊女だった。父親は宮内判官家長《くないほうがんいえなが》だった。平治の乱で敗れた藤原基成《もとなり》の家来だった家長は、基成が奥州に流される伴として来たのだが、自身は東国に落ちのびた。

相模国の海老名に知り合いがあったので、海老名に宿を定め数年を送った。家長は平塚宿に遊んだ折に、夜叉王《やしゃおう》という遊女を見初めた。

寅年の寅の日、寅の刻に二人の間に女の子が産まれた。女の子は三寅御前と名付けられた。この子が五歳の時、父家長が病に倒れ死亡した。夜叉王は女手一つでこの子を育てていたのだが、大磯宿の長者菊鶴という遊女がこの子の美しさにひかれて貰い受けた。

母は断腸の思いでこの子を手放したのだ。菊鶴が見込んだ通り、三寅御前、後の虎御前は絶世の美女に成長した。ひいきにする武将も多かったのだ。その虎御前が人気を集めている頃、大磯宿はこの辺り随一の遊里としていよいよ賑わっていた。

しかしいくらもてはやされても、虎御前は男に心を動かす事はなかった。

十郎との出会いは衝撃的だった。十郎と虎御前は、一瞬で互いの中に同じ哀しみがある事を感じたのだ。

五歳で故もなく父を失った十郎と同じく、虎御前も五歳で父を亡くしている。「父のない身は哀しい」と二人は心を寄せた。短い逢瀬であっても逢えばうれしい。十郎が帰らねばならない時が来ると、虎御前はどこまでも送って行った。

大磯から曽我の六本松に抜ける旧街道がある。そこにある小竹には今も虎御前が十郎を追って来て泣いた別れの跡があるという。

そんなある日のことだ。今を時めく和田義盛《わだよしもり》が大磯の宿を訪れた。相模和田の三浦一族の出であるが、頼朝の挙兵に際し力を貸した。鎌倉幕府が出来ると、侍所《さむらいどころ》を創設し、自らその別当（長官）に就いた人である。

和田は美女と誉れ高い虎御前を呼んだ。その時、虎のもとには十郎が来ていた。その事を伝えると、十郎共々虎に来るよう言った。酒宴は虎、十郎を加えて盛り上がった。和田は十郎の伯母聟《おばむこ》に当るのだ。

そこへ和田がひいきにしている亀若という遊女がやって来た。虎は亀若にどうして遅くなったのかとたずねた。

亀若は今まで工藤祐経の酒宴に呼ばれていたのだと説明した。十郎は、十郎を追って同席していた五郎と目配せをした。

「今だったら花水橋を渡っている頃だろう」と亀若は何も事情を知らずに言った。まさか十郎達の敵が工藤であろうとは和田も知らない。知らずに亀若は工藤の行動を教えたのだった。

十郎と五郎はそれを聞くやいなや、やにわに立ち上がり馬に飛び乗った。夜の街道を二人の馬は全速力で走った。走りに走って、砥《と》上原《がみはら》まで走って、二人はついに一行に追いついた。

しかし二人はすぐ絶望した。工藤のまわりをおよそ五十騎の武者が囲み、物々しい行列になっていた。とても手が出せない。たった二騎の五郎十郎が攻めたとて無益な事だ。

二人は黙ってあきらめた。すごすごと大磯の宿に引き返した二人を虎は一生懸命慰めた。

「きっとお二人の思いは叶えられる。私も神仏にお祈り致します」

しかし、いくら慰められても、二人の絶望感は拭《ぬぐ》えないのだった。あきらめ切れない二人は、その後も鎌倉の工藤館のまわりをうろつくこともあった。しかし堅固《けんご》な門壁に囲まれた館に討ち入ることはとても不可能だった。館を守る兵の数も多く、あらためて、工藤家の繁栄を思い知らされるのだった。

兄弟が手を出せる隙など全く無かった。すごすごと引き返すのだった。

そのつど、虎は懸命に二人を慰め励ました。励ましながらも虎は二人が敵討ちをあきらめてくれる事を内心願っていた。虎も女である。女というものはいつも安泰を願うものだ。その点、満江御前と同じである。

愛する者を危険な目に合わせたくはないのだ。十郎が涙ながらに話す父の無念は良く分かる。その無念を晴らしたいと願う気持ちも良く分かる。愛する十郎に敵討ちという本懐をとげさせてやりたいと思う気持ももちろんあった。そして、それでもなお敵討ちを断念させたいと心秘かに願うのだった。

虎の目から見ても工藤の羽振りは凄まじかった。

「どれほど思いが強くても、この敵を倒すことなど無理というもの」

あきらめて欲しいと虎は思っていた。

同じく安泰を願う母は、十郎の恋を認め、二人の結婚すら願っていたのだ。母の心にしてみれば、虎の愛情が十郎の敵討ちの願望を打ち砕いてくれる事を願っていたのだった。

女二人の切々たる思いを分かっていながら、十郎も五郎も敵討ちを断念する事は出来なかった。

母はついに二人を「勘当する」と言い出した。曽我殿に迷惑のかかる事を恐れたのだ。親に縁を切ると言われれば、二人は考えを変えるに違いないと思ったのだが、兄弟の思いはそんなものではなかった。母の涙さえ、そして恋人の思いさえ越えていく堅固なものだった。

いよいよ孤立無援となった兄弟は、少しもひるむ事なく困難な目的に立ち向かって行くのだった。虎御前の深い心も二人を引き止める事は出来なかった。

こんな兄弟を支えてくれる身内がない訳ではなかった。影になり、日向になり二人を応援してくれる人達がいた。

その筆頭は何と言っても執権北条氏である。あの五郎が元服を懇願して、快くかなえて貰った北条時政である。五郎の元服は建久元年（一一九〇）のことである。

初代執権北条時政の前妻は、兄弟の父方の伯母になる。祖父伊東入道祐親の娘が時政の妻であった訳だから、今を時めく将軍頼朝の夫人政子は、兄弟の血の繋がった従姉《いとこ》になるのだ。

こうした血縁関係ばかりではなく、北条家には兄弟の意志を応援する事情があった。

北条時政、義時父子は幕府の実権をわが手に握りたいとの願望があった。時政は頼朝の舅として、また頼朝の代官として守護、地頭を設置し、朝廷に認めさせるなどの功績を上げていた。

頼朝の築いていく鎌倉幕府にとって北条時政は、重要な人物であった。今や北条家の行く道を遮《さえぎ》るものはなかった。

ただ一人、頼朝に重用され、権勢を振っている工藤祐経だけは捨てておけない人物であった。機会を見つけて、工藤を倒したい考えが早くから時政にはあったのだ。ひ弱に見える曽我兄弟が、密かに工藤を討とうとしている事は時政にとっては都合の良い事だった。自然、兄弟を支援する方向に向かったのも納得がいく。

建久元年、五郎が箱根を飛び出して母の勘気を蒙った折に、北条館に助けを求めた兄弟を快く迎え、元服の烏帽子親となって五郎時致の名を授けてくれた。その上、祝に愛馬を与え、七日間の酒宴まで開いてくれた。兄弟は感謝し切れぬ程の思いで、今後も北条は頼れる人物であると確信したのだった。

母に縁を切られた兄弟は早速に路頭に迷う訳だが、身を寄せる事の出来る所は多かったのだ。

兄弟には異父同腹の姉がいた。満江御前が河津三郎に嫁ぐ時、連れ子として伴った女性であったが、外祖父の狩野大介茂光が連れ子にする事を哀れんで、自ら引き取った。兄の京ノ小次郎と共に、狩野の庄で育てられた。

この姉が二宮の庄の二宮太郎朝忠のもとに嫁いでいた。朝忠は二宮の庄の地頭であった。二宮の庄は渋見《しおみ》の庄とも呼ばれたので、兄弟は渋見の姉御前と呼んで親しくしていた。

渋見の姉御前は、兄弟の意志をよく汲んで協力者となってくれた。

兄の京ノ小次郎が「仇討ちなどくだらない。そんな時代ではない」とにべもなかったのに対し、姉は優しかった。それに甘えて兄弟はたびたび身を寄せた。

また、二宮は伊豆から鎌倉に向かう道すがらであったので、工藤の行動を見張るためにも好都合だった。相変わらず工藤は大軍に守られていたから、兄弟が手を出す事は出来なかった。ただじっと、工藤の行列を見つめ、一層仇討ちへの思いを強くしていった。

もう一人、兄弟には実の弟がいた。父が暗殺される時、母の腹の中にいた子である。父の喪中に産まれたので、縁起が悪いから野山に捨てるのが良いという者さえいたのだが、それではあまりにも哀れだと、手を差し伸べたのが祐泰の弟伊東九郎祐清だった。

この人は伊東入道の祐親の次男に当り、慈悲深い高潔な人物であったが、子どもがなかったので産まれたばかりの因縁の子を貰い受けて育てた。兄の形見としたかったのだ。

ところがその後、祐清は平家側として上洛し、篠原の戦で戦死してしまう。おまけに妻は、平賀武蔵守義信という人と再嫁する。御房丸と亡き父から名付けられたこの子も武蔵の国府に養母に伴われ移り住んだ。

しかし母の連れ子であった御房丸は新しい家になつく事が出来ず、立場も悪くこの家に居続けることは出来なかった。意を決して御房丸は家を出た。落飾して僧侶になった御房丸は、名を律師房と変え、諸国の寺をめぐって転々と苦労を重ねていた。どこまでも哀しい子であった。

兄達が父の仇討ちのために必死になっている事も知らず、父の敵の名も知らなかった。越後の片隅の小さな寺にいて、修業に励みながら時折、養父母に聞かされた美しい実母のことを思い描いていた。

一目その母に逢ってみたい。そして寂しかった今までの日々を慰めてもらいたいと思うのだった。その律師房も十七歳になっていた。

この子が生きた時間はそのまま、実父の死んでいる時間だった。父の顔も母の顔も知らず、兄二人の顔も知らず、山奥の寺で修行に励んでいた。

五郎十郎兄弟はこの可哀想な弟の事を全く知らなかったし、出会う折もなかった。同じ父、同じ母を持ちながら、どこまでも縁薄い兄弟だった。

そんな弟の事も知らず曽我兄弟は相変わらず工藤の姿を追い、日夜武道に励み、仇討ちの日に備えていた。

「きっと念願叶う日は来る」

「我等の思いが神に通じぬ訳はない」

二人の意志は固かった。

曽我の満江御前のもとにいて、兄弟のいなくなった寂しい家の留守を守っていた鬼王兄弟も、兄弟の念願が叶う日を信じていた。

縁を切ると言った母も、わが子等のことが気にならぬ事はない。

鬼王兄弟を呼んで、「あの子等を見てきておくれ」とそれとなく頼むのだった。

鬼王兄弟には常に曽我兄弟の居場所が分かっていた。兄弟達が縁者を頼って、あちらに十日、こちらに二十日と世話になりながら、本懐を遂げる日を待っている事も承知していた。

北条館、二宮の姉御前宅などを歩いても、鬼王兄弟は曽我兄弟に出会えない。

「早川だな」鬼王兄弟は南に向かった。

早川というのは相模早川の地頭小早川弥太郎遠平のことである。この人の妻が、兄弟の父の妹の万却御前であった。

この人は、父親の祐親の命令で最初、工藤祐経の妻であった事がある。工藤と共に都にのぼり、都の風を体いっぱいに受けて暮らした若い日々があったのだが、そのうち父親の祐親と夫の工藤が領土問題で不和となった時、父によって夫婦の関係は壊され、早川の小早川のもとに再嫁させられた。

　この小早川の伯母御前も父親の土地争いによって、運命を左右された気の毒な女性であったが、亡き兄の遺児が自分の元夫工藤祐経を討とうとしているのだ。複雑な思いであった事は確かだが、今となっては非業の死を遂げた兄と遺された兄弟が哀れで、兄弟の庇護をしない訳にはいかないのであった。

　兄弟が来れば「いつまでもゆっくりしていきなさい」と暖かく迎えてくれるのだった。兄弟はそんな早川の伯母御前のもとに身を寄せると、まるで自分の家に帰ったような安らかさを感じることが出来るのだった。

　しかし兄弟はこの家に甘えながらも、自分達が仇討ちを計画している事は口にする事はなかった。伯母御前もあらためて、口に出さずとも兄弟の思いは分かっていた。お互いに分かっていながら口に出す事はない。

ただ「いつまでもここにおいでなさい」とくり返すばかりだった。もう一人、兄弟を支援する強い味方があった。三浦の伯母御前と兄弟が呼ぶこの人は、兄弟の祖父伊東祐親の四人の娘のうちの一人である。この伯母もまた兄弟の父の妹になる。

祖父の四人の娘とは三浦半島の豪族三浦義澄《よしずみ》の夫人、執権北条時政前夫人（政子の母）、早川の伯母御前、そしてもう一人が頼朝と二世を契ったあの八重姫である。

三浦大介《おおすけ》義明の子義澄は、工藤祐経に対して強い恨みを抱いていた。この義澄の妻が兄弟の伯母御前なのだ。この三浦夫人の父、伊東祐親が石橋山合戦で頼朝に敵対し、富士川合戦でも平家方に味方して捕らえられた。

その時三浦義澄は、妻の父親を助けようと奔走したが、頼朝の勘気を解くのは難しかった。それでもめげず義澄は懇願を続けた。そしてようやく許され、鎌倉の自邸内に預かり置くことになった。一年半もそんな状態が続いたところ、将軍夫人政子が懐妊したので恩《おん》赦《しゃ》となった。が、祐親はこれを恥じて自害して果てた。

　義父祐親がこのような状態に追い込まれたのも、工藤祐経との反目からであると、三浦義澄は工藤を恨んだ。兄弟の仇討ちの計画を影から応援しようとしていた。

　このように兄弟の血縁の武将達は様々な立場から兄弟を助けようとしていた。生活面はもちろんの事、武道の鍛錬《たんれん》の場も提供してくれた。どこへ行っても「好きなだけ居なさい」と暖かく言ってもらえた。

　兄弟はそれらの人々に支えられ、ひたすら仇討ちの日を夢見て、日々を送っていた。

　二宮の庄に身を寄せていた時は、十郎は大磯に通い虎御前との逢瀬を重ねたのだ。十郎の母は二人の結婚を認め、虎御前を嫁にとも考えていた。

「仇討ちなどあきらめて、虎御前を嫁として平穏な生涯を送ってほしい」と、母の思いはどこまでも息子の安泰と自身の平穏な日々だった。

相模の海の上に大きな月の上がった夜のことだ。虎御前は二宮の庄までついて来た。十郎はそんな虎御前に「遅くなるからもう別れよう」と何回も言った。けれど虎御前は黙ってついて来る。どこまでもどこまでもついて来る。

虎御前の思いは強くはげしく、ひるむ事なく十郎に向っていく。そんな虎御前がいてくれる事は、それだけで十郎の支えとなるのだった。

そんな二人の頭上で満月がゆっくりと輝いていた。海はその光を受けて静かに光っていた。

頼朝の時代

父源義朝は平治の乱（一一六〇）で敗れた時、東国に敗走した。平清盛打倒のクーデターに失敗したのだ。十四歳の頼朝も父と共に東国へ逃れようとしたが、父は尾張内海《うつみ》で謀殺され、頼朝も美濃で捕らえられ京都に護送された。

斬罪に処せられる瞬間に、清盛の義母池禅尼が口を開いた。

「こんなに美しい子を殺してはいけない。この子は私の死んだ息子にそっくりだ」と強く言った。清盛も義母の言葉に動かされて、頼朝は死を免れた。この事は平家にとって大きな禍根《かこん》になるのだが、「平家にあらずんば人にあらず」とまで言われた当時の平家にとっては小さな事だった。

こうして伊豆に配流《はいる》となった頼朝は、読経《どきょう》三昧《ざんまい》の日々を送っていたが、平氏の政治的動きなどの情報は京都の三善康信から得ていた。三善は朝廷に仕える中流貴族であったが、母が頼朝の乳母の妹であったのだ。

頼朝は遠く伊豆に配流の身であったが、都における平氏と後白河法皇との間に展開する政治情況の変化も的確に把握していた。

そんな中、治承四年（一一八〇）後白河法皇の皇子で平氏に不満を持つ以仁王が平氏打倒に立ち上がり、挙兵した。その際以仁王は、全国に散っていた源氏の一族に令旨を送った。

これを受け取ると、頼朝は「時は来た」と立ち上がる。

東国の源氏の武士達も、この令旨を錦の御旗とばかり活気づいた。この頃は源氏ばかりでなく、平家の独裁政治に反目する武士は多かったのだ。

頼朝は十四歳の時からこの時を待っていた。この年の八月、頼朝は伊豆の目代《もくだい》山《やま》木《き》兼隆《かねたか》を討って反平氏の旗を挙げた。頼朝の挙兵を知ると、東国の武士達は泣いて喜んだ。各国の目代を次々に攻撃してそれぞれ頼朝に呼応した。頼朝は伊豆から相模へと東進する。

これ以前、頼朝は北条時政の娘政子と結婚していたので、時政の助力も得ていた。しかし、相模国石橋山で平氏方の大庭景親らに敗れ、三浦の大軍と合流する事は出来なかった。機はまだ熟していなかったのだろうか。

再起を期して、頼朝は土《ど》肥《い》実平《さねひら》らわずかな手勢《てぜい》と共に真鶴岬から海路安房国に渡り、三浦氏との合流を果たす。

三浦も畠山重忠、川越太郎重頼、江戸太郎重長ら武蔵の武士団に敗れていたのだった。房総半島を北上した頼朝と三浦は、千葉常《つね》胤《たね》、上総広常らを味方につけ、武蔵国に入る。

ここで頼朝は三浦を破った武蔵の武士団の畠山、川越、江戸らを味方につける事に成功した。どんな魔法を使ったのか。頼朝はこの時、石橋山の敗戦から間なしに大軍を自分のものとして、先祖からの地、鎌倉に入る事が出来た。この年の十月の事だ。

こうも短時間で頼朝が再起出来たのは、時代の流れというものか。平氏一色の現状に不満を持つ武士達が新しい世の中を期待するためだったのか。

頼朝のこうした動きに対して、平氏も捨て置けず、平維盛《たいらのこれもり》を総大将として遠征軍を派遣した。これに対して頼朝の軍は西進し、治承四年（一一八〇）十月二十日夜半、平家軍の背後に進出しようとしていた。

その時、これに驚いた水鳥がいっせいに飛び立った。その音を大軍の来襲と勘違いをして、平氏軍は総崩れとなり遺走したのだった。水鳥の羽音にびくつく平家軍の弱体化はのちのちまでの語り草となった。

この時頼朝は、逃げる平氏を追って上洛しようとしたが、三浦義澄らの忠告を聞き入れてやめ、鎌倉に帰って東国経営に努めた。

侍所を設置した頼朝は、和田義盛を長官に任命した。また、この年の暮、大蔵の新居が完成した。三十一人の御家人は頼朝を鎌倉の主とする。

治承五年（一一八一）閏二月、平清盛が病死した。頼朝は後白河法皇に密奏して、法皇への忠誠を誓うと共に平氏との和睦を申し入れた。しかし平氏はこれを拒絶する。その後、頼朝は鎌倉にいて動かなかったが、木曽義仲や弟の義経《よしつね》、範頼《のりより》らの活躍により、壇ノ浦に平家を追いつめ、ついに滅亡させた。

頼朝は、着々と幕府の体制を強化するため公文所《くもんじょ》、問注所などを設置した。

一方、弟義経と後白河法皇が接近すると、これを恐れ、義経追討を実行する。また範頼は将軍家に謀反《むほん》ありと疑われ滅せられた。この範頼に組したのが曽我兄弟の父ちがいの兄、京ノ小次郎であった。家臣であった京ノ小次郎も誅殺《ちゅうさつ》された。

十郎が仇討ちの相談を持ちかけた時、にべもなく「今はそんな時代ではない」と突き離したあの兄である。

十郎五郎が勇ましく父の仇討ちを果して、英雄として死んだわずか三ヶ月後、義兄京ノ小次郎は鎌倉由比ヶ浜で処刑された。

「どうせ死ぬのなら五月に兄弟と共に死んだ方がどれほど勇ましかったか。由なくして命を落とすくやしさよ」と一言言い残して。

頼朝は、冷酷にも血の繋がった実の弟二人を殺し、鎌倉幕府の完成のために全力を尽くした。頼朝のこうした冷酷さについては、二十年間の孤独な流人生活がなさしめたものともいい、生来の権力志向とも人はいう。どんな手段を用いても源家の復興と失った日々を取り戻し、権力をわが物としなければならなかったのだ。

こうして全国に守護、地頭が設置されて、鎌倉幕府は揺るぎないものとなって行く。源平争乱は終息し、幕府の支配権は全国に及ぶ事になった。

建久三年(一一九二)三月、ついに頼朝は征夷大将軍に任ぜられる。明けて建久四年四月、家臣たちの心遣いにより、頼朝をねぎらうため、狩場めぐりが計画された。これは頼朝自身も希望したことでもある。

ここに来るまで頼朝は数々の心労を重ねて来た。引き続く内戦、裏切りや讒言《ざんげん》の数々。疲れ切った心身を慰めてくれるのは大自然の中で思い切って狩りをする事だと頼朝は考えたのだ。

と同時に大々的な狩りを催すことは、天下に頼朝の並びなき威光を示すことでもあった。政治的意図もあったはずだ。

下野《しもつけ》那須野、信濃三原野、駿河《するが》富士裾野などで、大規模な巻狩《まきがり》を企画し、諸国に触れを出した。これを知った曽我兄弟は、目立たぬ扮装で武将達にまぎれて、工藤祐経を討とうと決心し、諸国の侍達の中に入った。

好機到来である。頼朝の股肱《ここう》の臣になっていた工藤祐経は、必ずこの巻狩でも頼朝の供をしているに違いないのだ。

一行はまず、平将門の乱を鎮めた俵藤太《たわらのとうた》こと藤原秀郷《ひでさと》ゆかりの武蔵国関戸の宿に泊まる。曽我兄弟は夜を通して祐経を狙うが、頼朝の警護は厳重で手を出す事は出来なかった。

続いて入間川の宿でも大倉の宿、山名、板鼻、松井田、沓懸《くつかけ》の宿のどこでも、兄弟は敵に近づくことは適わなかった。

こうして北関東での巻狩では、ついに兄弟の敵を討つ機会はめぐって来なかった。

仇討前夜

長年、苦労を重ね、父の仇を討つために、努力して来た曽我兄弟についに絶好の機会がやって来る。

頼朝が富士野で狩りをする触《ふ》れを出したのだ。建久四年（一一九三）五月二十八日がその狩りの最後の日である。兄弟にはまだ数日あった。

五郎は早川の伯母御前に挨拶に行った。兄弟が路頭に迷った時、いつも助けてくれたやさしい伯母御前だった。伯母聟の土肥遠平も喜んでくれて、酒を酌み交わした。五郎は仇討ちに出かけるのだとは一言も言わなかった。ただ黙って伯母聟の酒を受けていた。

十郎は大磯の虎御前を連れて、曽我の里に帰った。母に会うためだ。母は十郎の仇討ちの事は知らない。若い二人が訪ねてくれた事を喜んで、手料理でもてなした。

母から見ても十郎と虎御前は二人とも美しく、似合いの夫婦だった。

そして、二人になると十郎は「貧道《ひんどう》の自分にけなげに尽くしてくれて、ありがたかった」と虎御前に告げた。

自らを貧道と呼んだのは、時代の流れの中で没落して行く一族の中、自分は辛うじて相模の御家人、曽我祐信の継子であるが、虎御前ら遊里の美女が相手にするような豪族とはちがう。工藤家のように時代の波に乗り、頼朝公の側近として、繁栄している家の者でもない。

不遇をかこち、貧窮に泣く自分を大切にしてくれた。そんな虎御前にあらためて礼を言う十郎に、虎御前はとまどった。

おまけに十郎はそれを言い終ると、ハラハラと泣いた。そんな十郎をいぶかしんだ虎御前はやがて全てを悟る。そして「どうか本当の事を話して下さい」と懇願するのだった。十郎は重い口を開いて、富士の巻狩でいよいよ敵を討つつもりなのだと愛《いと》しい人に打ち明けた。

それを聞いて、今度は虎御前が泣く番だった。「止《や》めて下さい。止めて頂くわけにはいかないのですか」虎御前は分かっていた。十郎たちが首尾良く、工藤の首を挙げたとしても、今を時めく頼朝公の股肱《ここう》の臣を殺《あや》めたのだ。生きて帰る事は出来ないだろうと。

十郎達にはその覚悟の上での仇討ちなのだ。虎御前はついにこの日が来てしまったのかと泣いた。この日が来る事を何よりも恐れていたのだ。

十郎と自分を引き離すものは他にない。十郎の死ばかりなのだ。今その愛する十郎の死の時が迫って来た。

虎御前は考えていた。

「十郎殿はあれほど苦労しておられたのだ。その思いを晴らす時が来たのだ。なぜ自分は喜んで送り出して差し上げられないのか」

そう自分を責めながらもただ哀しくて泣いた。そんな虎御前を見て、十郎も泣いた。二人はもう何も話さず、泣いた。泣いて泣いて、泣き通した。

その夜は、母が二人のために寝所を用意してくれたのだが、二人は床につく事はなかった。

ただ泣き、語り、また泣いて一夜を明かしたのだった。夜が白々と明けて行く。身支度をしなければいけない。

二人は馬に乗って、曽我の庄を後にする。十郎はこうして、どこまでも虎御前を送って行きたかった。

そんな十郎に虎御前は言った。

「六本松峠でお別れをしましょう。私はもう泣きません。涙があなたの大切なご本懐の邪魔になってはなりませんから。笑ってあなたをお送りしなければなりません」

虎御前はきりりとそう言って笑って見せた。

「ご本懐を遂げられ、ご無事でお帰りになる事を祈っております」

と、それは十八、九の娘の言葉とも思えなかった。五月の朝風が二人の頬をなでた。少しひんやりとして快かった。

泣くだけ泣いた二人はすっきりとした顔をして、六本松峠を目指して馬を走らせた。時折、十郎が虎御前を振り返る。そこは十郎が虎御前に逢うために、夜な夜な馬をとばせて越えた峠だ。

そしてまた、虎御前が曽我に帰る十郎を追って、ついて来た峠でもあった。別の名を山彦山の峠とも言った。見晴らしの良い峠の頂きからは山々が見渡せて、山彦もひびいた所からつけられた名だ。

ここには六本の松が植えられていて、鎌倉に向かう鎌倉街道に続く道を旅して来た人は、この六本の松を目印に峠を越えて中村道に入る事が出来たのだ。

鎌倉が頼朝によって開かれ、幕府が出来ると、鎌倉を目指す旅人は多くなり、六本松峠はいよいよ重要な目印となっていた。

さすがに早朝の六本松峠には人影もなく、二人はここに佇み、今少しの別れの時を愛《いと》おしんだ。今生《こんじょう》の別れであることは二人には分かっていた。この別れの時を二人は大切に大切に過ごしたのだった。こうして二人は別れて行った。

十郎にはまだしなければならない事が残っていた。弟五郎の勘当を母に解いて貰わなくてはならない。

早川から帰った五郎を連れて、母の前に行く。しかし母は五郎が箱根神社を抜け出した事を今も怒っていた。

「五郎なんて子は知らない。仏門に入って父親の供養《くよう》をするはずだったのに、修業の途中で、これを投げ出してしまうなんて、私の子ではない」の一点張りだった。

母が五郎ばかりではなく十郎も曽我祐信の籍から抜いたのは、この子等が前の夫の仇討ちを考えている事をそれとなく気づき、夫祐信に迷惑をかけてはならないとの配慮からだった。

十郎に対しては何ら不満は持っていない。しかし、五郎については心底から「親でもない、子でもない」とにべもない。

そんな母に十郎は必死で訴えた。

「五郎が剃髪を嫌っていたのは、仏門に入ってしまえば父の仇討ちが出来なくなるからです。五郎ほど亡き父を思っている者はいないのです。許してやって下さい」

十郎は重ねて言った。

「母のお許しを得なければ、我等二人の思いはかなわぬのです。どうかお許しを頂きたい」

十郎は必死だった。

母はそんな十郎の言葉から兄弟の仇討ち実行の計画を勘づいた。

この子等は父の恨みをはらすために旅に出ようとしているのだ。

この子等は一体どれ程の苦労を重ねて来たことか。五歳と三歳のこの子等に母は言ったのだ。「いつの日か、お前達が大きくなったら、この仇をとって、母に見せておくれ」

母は恥じた。自分こそ、前夫の無念を忘れ果て、曽我殿のやさしさに甘えて暮らして来てしまった。

「恥しいのはこの母だ。許してたもれ」

五郎の勘当はこうして許された。

母はただただ、兄弟二人の行動が夫曽我祐信に悪い影響を与えるのではないかと恐れているのだった。

この頃、祐信は鎌倉将軍、頼朝のご家人として仕えていた。当然工藤の繁栄も母はよく知っている。その工藤祐経の首を取るなど不可能に近かったのだ。

しかし、兄弟の意志は強くひるむ事はない。十八年間どんな苦難にも耐えて、武道の腕を磨き、亡き父の仇を討つために生きて来た。他にいくらでも安楽な生き方はあったであろうに、ただ一筋に突き進んで来た。

あまりにも純粋な兄弟の生き方に母はハッとして、自分の安泰《あんたい》ばかりを願っていたことを恥じた。若き日、三人も夫を替え、激動の波にもまれて生きて来たのだ。

「女子とは情けないものよ」と嘆きつつ、曽我の庄に三度目の結婚のためにやって来た満江御前は、思いがけず曽我祐信の人柄のせいで仕合せにめぐり会えたのだ。

その曽我殿に迷惑をかけてはならないと、そればかりを案じて、息子達の行動を制して来たのだった。

兄弟は母の許しを得てホッとすると、もう一つ願いがあった。自分達の衣はあまりにも貧しくみすぼらしい。「小袖があったら、頂けないだろうか」と母に頼んだ。

母は祐信の小袖を二人に与える。それは蝶と千鳥の見事な衣であった。身につけて見ると二人は一段と美丈夫となった。そんな二人を母は涙で見つめた。

あの日、巻狩に出かける夫祐泰を見送った朝を思い出していた。狩装束《かりしょうぞく》に身をかためた夫の様子が、まぶしい程であった事を思い出すのだった。

母はその上、兄弟に鬼王兄弟を供に連れて行くよう手配してくれた。哀しい別れである事も忘れてしまうほど兄弟のいでたちは立派だった。

富士の巻狩

建久四年（一一九三）五月、毎日空は晴れ上がり快い風が吹いている。頼朝一行は富士の裾野で、巻狩を行おうとしていた。富士の裾野は広大で頼朝公は上機嫌で巻狩に興じる事だろう。

その頃、曽我を出立《しゅったつ》した曽我兄弟はまず箱根権現を目指した。別当に別れを告げるためだった。ここで二人はまず「矢立の杉」に到着した。それは武将達が戦勝を祈願する縁起の良い杉の木である。

源頼義《みなもとのよりよし》、義家が前九年の役《えき》で奥州に向かった時、ここで戦勝祈願の上矢《うわや》の鏑矢《かぶらや》を射たという歴史のある杉の木だった。

兄弟も仇討ちの首尾を祈りつつ上矢を射たのだった。

権現の別当は兄弟の来訪を喜んでくれた。特にここで修業をした五郎に対しては別当の特別な気持があった。兄弟がついに仇討ちに出かける事を別当はすぐに感じ取った。二人の顔は決意に満ちていたのだ。しかし、別当は何も言わない。黙って二本の太刀を持ち出して来て、二人に与えた。

「九郎判官義経《くろうほうがんよしつね》が木曽義仲を討つため上洛する途次、箱根権現に奉納した太刀である」とたった一言《ひとこと》二人に言った。

二人は別当が「首尾良く敵を討って来い」と無言ではげましてくれたと感じて泣いた。箱根権現を辞した二人の馬は下りの道を急ぎ三島の里に走った。

ここで三島大社に立ち寄り、仇討ちの成功を祈願して、しばしたたずんだ。思えば、三島大社は頼朝が源家の再興を願ってたびたび足を運んだこの地方第一の大社であった。

三島大社を出る頃、参拝の人々が「頼朝一行が浮島が原に着いたらしい」「世にも壮大な行列であったそうだ」と口々に話しているのを兄弟は聞いた。

「こうしてはいられない。五郎急ごう」

こう言うと十郎は馬に鞭を当て、富士への道を急いだ。

「日逼《ひぜめ》の狩倉」まで来て、頼朝一行に追いついた。富士の裾野は聞きしにまさる広大で美しかった。今を時めく頼朝公が全国の武将と共に狩りをするのにふさわしい大地であると兄弟は思った。

兄弟は「ここここそ、我等の死に場所。あっぱれ敵の首を上げて、我等の名を残そう。それこそが父上の無念を晴らす道である」と、互いに話し合った。

供について来た鬼王兄弟も影にかくれるようにして、兄弟を見守っていた。兄弟の悲壮な決意は明白だった。鬼王と丹三郎兄弟はこっそり涙ぐむのだった。ここまで供をして来た二人は、兄弟の仇討ちの大願が成就することを祈りつつ、とても生きては帰れぬことを感じていた。

二十二歳と二十歳のこの美しい若者が父のためとはいえ、あたら命を落とすのかと思えば胸がつまるのだった。

けなげなこんな若者が狩りにまぎれ込んだことも知らず大規模な巻狩はくり広げられた。ここは東方は富士と愛鷹《あたか》を結ぶ線、西は富士川本流に及ぶ線で東西五里三十町、南北一里三十町、面積六千四百八十町歩の平原である。

ここに獣類の逃走を防ぐための土塁を築いて、所々、猪穴を設け、広野を巻いている。これほどの巻狩は頼朝といえども体験したことがない。

終始上機嫌な頼朝だったが、特に巻狩の初日、五月十六日の事だった。十六歳の頼朝の嫡男頼家が見事、鹿を射止めたのだ。頼朝といえども人の親、息子の活躍を心から喜んだのだ。おまけに三日目はご家人の新田四郎忠常《にったしろうただつね》が荒れ狂う猪の背中に飛び乗って、刺し止めるという会心の一場面を見せた事もあった。

子息、頼家の手柄を助けた者として、三人の供に祝儀が出された。その三人の中に曽我祐信がいた。おまけに工藤祐経もいた。そしてもう一人が梶原景季《かじわらかげすえ》だった。

十郎、五郎の継父の曽我祐信は数日後に自分の養子二人が仇討ちを実行するとは夢にも思っていなかった。

工藤祐経にしても、祝儀を献上されて上機嫌だった。数日後、父の敵と呼ばれて、命を落とす事になるとは知る由もなかった。

さて、頼朝の宿はどこであったろうか。それは裾野の井出に用意された。その宿舎は井出の館と呼ばれ、決して豪華なものではなかったが、周囲に小柴の垣根をめぐらせた守りの堅いものだった。

しかも頼朝の本陣を囲むようにご家人達の陣屋がびっしりと並ん

でいた。

十郎五郎が目指す工藤の館は頼朝の陣屋の東南に隣していた。頼朝の本陣に近いのだから警備も厳しく、しっかりと守られていた。そこに工藤の油断があった。

それは五月二十八日のことだ。この日、朝から雨が降っていた。あれほど晴れ上がっていた五月の空がこの日は雨となった。数日の激しい狩りに皆疲れていた。朝からの雨を口実にこの日の狩りは中止となった。明日は鎌倉に帰館という日である。

休みとなるとどこの武将も酒宴が催される。工藤の狩屋でも昼から酒宴が始まった。遊女手越の少将、黄瀬川の亀鶴が招かれていた。座敷には客人もいた。備前国の住人、吉備津宮の王藤内という人だった。

王藤内は平家のご家人瀬尾太郎兼保に与《くみ》していたという事で囚人とされていた折、工藤に訴訟の力添えを頼んでいた。訴訟は首尾良く運び、無罪となった。王藤内はこの日、富士に滞在中の工藤に礼するために工藤の狩屋をたずねていた。

そんな客人を交え、女達をはべらせて工藤はご機嫌であった。酒を飲み、語り、笑い、踊りまで飛び出して、座敷は大にぎわいだった。

飲み疲れると一同はそのままくずれるように寝てしまった。その頃になると、小雨は大雨に変わり雷さえも鳴り出した。酔い疲れた人々でどこの狩屋も静まりかえり、夜のしじまが辺りを包んでいた。

この日、曽我兄弟にはしなければならない事が多く、忙しかった。

まず母に別れの手紙を書いた。兄弟が曽我の庄に来てより、亡父の仇討ちを決意したことをまず打ち明けた。そんな二人の思いを許してくれた事、これまで頂いた数々の恩、感謝の気持を記した。

それは二人の遺書でもあった。身は富士野に散っても心は曽我の庄の母のもとに帰るのだと記したのだ。

兄弟は、この二人の手紙に母から貰った小袖を添えて、曽我の庄に届けて欲しいと鬼王兄弟に命じた。

鬼王、丹三郎は「お使いはもちろん致しますが、十郎五郎さまの一大事に私共はお供をするつもりだったのです」と驚くのだった。仇討ちのお供をさせて貰えない事が口惜しいと鬼王兄弟は泣くのだった。

曽我兄弟の思いの中には自分達の亡き後、この鬼王達が母を支えてくれるはずだとの考えがあった。この従者達を仇討ちの巻き添えにしてしまってはならぬと強く思ったのだ。

一方、鬼王兄弟は亡き主の恨みを晴らす戦いにぜひ参加させて欲しかった。満江御前が「兄弟の供をせよ」と言ってくれた時はありがたくて、飛び立つ思いで供をして来たのだ。

それをここまで来て帰れとはあまりの事と打ちひしがれた。しかし、奥方の事を思えば手紙と小袖はぜひ届けたい。兄弟の必死な願いに負けて、鬼王達は出立した。

これが幼い日からお世話してきた愛しい二人との別れであった。それが永遠《とわ》の別れになる事は想像できた。そう考えるだけで涙が出てくる。遠いあの日、突然殺されて横たわっていた父に取りすがって泣いていた、十郎五郎の顔を思い出すのだった。

そしてまた、十郎五郎の長い歳月の仇討ちへの苦労を鬼王達は見てきた。どんなに苦しくとも弱音を吐かず、この日を迎えたのだ。

そんな二人を富士野に残して、鬼王達は曽我を目指して夜の荒れる空の下を歩いて行った。二人が去ると雨はいよいよ激しくなり、雷も鳴っていた。強い風が灯を消した。

十郎五郎はそんな事にはひるまない。兄十郎は下には大磯の虎女が脱いで贈った綾の小袖を着け、上には千鳥の群れの文様のついた直垂《ひたたれ》をまとい、腰には赤銅作りの太刀と箱根権現別当に貰った小刀を身につけた。

弟五郎は下には浅黄の小袖、上には蝶々を描いた直垂を着た。腰には同じく箱根別当から贈られた太刀をつけた。それと、箱根神社の稚児であった頃に敵の工藤祐経が頼朝の供をしてやって来た時、五郎が自分を狙っている事を百も承知であったが、自分の立場の優位を示し、「こんな若造に何が出来るか」と言わんばかりに、五郎に与えた赤城柄の短刀も忘れず身につけた。

闇にまぎれて、曽我兄弟は工藤の狩屋を目指した。工藤の宿については早くから目定め、すんなりと侵入する方法を考えていた。

大雨と闇とが二人に味方して、真夜中、二人はあっという間に工藤の座敷に入った。

その時、工藤は遊女の手越少将と王藤内は黄瀬川の亀菊と床を同じくしていた。ぐっすり眠っていた四人は、枕元まで十郎五郎が来ている事にも気づかなかった。

「工藤左衛門尉祐経、これ程大事の敵を持ちながら汚くも寝入りたる者かな」

「父の敵を討つ」

と叫んで十郎は祐経を起こし、一刀《いっとう》のもとに斬りつけた。五郎も一太刀《ひとたち》浴びせたので、祐経は声もあげずに絶命した。

さらに太刀音に気づいて飛び起きて逃げ出そうとする王藤内を切り落とした。

女達は驚きの悲鳴をあげて外に出た。女達には刃を加えない約束だったので見のがしてやった。

十郎と五郎は高らかに「今、父の敵は討った」と勝鬨《かちどき》を上げた。

頼朝の陣屋に間近い所での騒ぎである。大騒動となった。武将達が起き出してきて、十郎五郎に立ち向かって来る。

しかし兄弟はひるまない。獅子奮迅の勢いで向かって来る武将を斬りまくった。

最初に向って来た武蔵国の住人平子野右馬允師重、続いて相模国の住人受甲三郎季陽、駿河国の住人吉番小次郎経貞、同じく岡部弥三郎忠光、同じく原三郎清益、同じく堀藤太郎、伊豆国の住人加藤太光貞、信濃国の住人海野小太郎幸氏、豊後国の住人臼杵八郎維信、開国の住人市川次郎宗光などが兄弟に斬りかかったが、兄弟は抜群の強さで彼等に傷を負わせて退かせた。

殺されたのは工藤、王藤内の他には出合いの侍、伊豆国の住人宇田五郎重信の三人だった。

たった二人でこれだけの武将と戦った兄弟の強さを後の世の人は「曽我の十番切」と呼んだ。

駆けつけた武将達は手に手に松明を持っていた。それを足元に投げた。火は大きな炎となって、十郎、五郎の姿を写し出した。

どこから見ても兄弟は凛々しく、清々しくまぶしいほど輝いていた。長い年月、この日、この時を目指して励んで来た二人が今、その舞台に立っていた。斬りかかる武将達もひるむほどこの時の兄弟は光っていた。

しかし、ついに十郎は伊豆の住人仁田四郎忠常に討たれて倒れた。倒れながら十郎は叫んだ。

「五郎はなきか。助成こそ仁田の四郎が手にかかりて射たれぬ。いまだ手負わぬ者ならば、君の御前近く打登りて、具に見参に入るべし」

それだけを息も絶え絶えに叫ぶと、高声で念仏をとなえて絶命した。二十二歳の若さであった。

この声を聞いた五郎はもう一目、兄に会いたいと思ったが、武士達の人垣を突き抜ける事が出来ず断念する。

兄の言葉に導かれて、頼朝公の陣屋へ向かう五郎であった。

その頃、頼朝は太刀をつかみ、戦いの場に出て行こうとしたのだが、左近将監大友能直《さこんのしょうげんおおともよしなお》がこれを諌《いさ》めておし留めた。

「殿はいまや天下第一の武将であられるのです。こんな事で手を汚すのはおやめ下さい」

その言葉に頼朝は出した太刀を引っ込めるのだった。

五郎の突き進む頼朝の陣屋近く、怪力で名のある大舎人《おおとねり》の五郎丸が女装してひそんでいた。それとは知らず通り過ぎる五郎は、この男に後ろから抱き止められて、ついに捕われの身となったのである。

頼朝公の面前に歩み寄った御厩《おうまや》の小平次が「十郎討死、五郎生捕り」と声高らかに報告した。生捕られた五郎は縄を打たれて柱に縛り付けられた。

こうして激動の一夜は過ぎて行った。


翌日、五月二十九日は昨夜の雷雨が嘘のように晴れ上がった。一睡も眠らず、夜明けを待った五郎は縄を引かれてご家人達の居並ぶ前に歩み出た。

一人のご家人が五郎の縄を気の毒がった。

「侍の身分の者が縄を打たれるとは少しひどくはないか」

そう言われて五郎は一笑に付す。

「これは亡き父のためについた縄である。父の敵を討ってついた縄なのだ。『善の縄』とよんで欲しい。考養高恩の誉れである」

縄を打たれ、身は返り血を浴び、泥にまみれた五郎は光り輝くような笑みを浮かべていた。何よりも本懐をとげた満足感が五郎の身を輝かせていたのだ。

頼朝公が現れた。尋問の始まりであった。頼朝は、「この度のことは長年の計画であったのか。それともとっさの思い付きか」という質問から始めた。

五郎は「七歳の時、兄は九歳でしたが二人は父の敵、工藤祐経を討つことを決心し、その日から一日たりとも祐経のことを忘れたことはない」と答えた。

「それならば何故今まで討とうとしなかったのか」と続けて頼朝はたずねる。

五郎は「それは祐経がいつも従者の囲まれていて隙きを見せなかったからです」と答えた。

しかし頼朝の質問は終る事がない。

「それにしても多くの侍たちを傷つけたのは何故か」と問われて、五郎は胸を張る。「ご陣内でこのような謀反を起こす以上、千万騎の侍達を一人も逃すまいと思っていたからです。逃げ惑う臆病な侍ばかりを召し使っている鎌倉殿が気の毒であります」

頼朝は更にたずねる。

「それでは頼朝に対しては特別な恨みは持っていなかったのか」

すると五郎は言う。

「祖父伊東入道はお怒りを蒙り殺されました。その上、敵祐経は鎌倉殿のお気に入りの有力ご家人です。恨み無きにあらざる間、拝謁《はいえつ》を賜り自殺せんためでございます」と答えた。五郎の言葉に頼朝は感服する。

「あっぱれ、男子の見本よ。臆病者千人を抱えるよりもこのような者一人をこそ召し使いたいものだ」と言い出した。五郎の命を助けると言うのだ。

しかし梶原景時がこれには反対した。「祐経には犬房、金法師という二人の子どもがいる。五郎を助ければ新しい恨みが生じます。ここで断ち切るべきです」という梶原の言葉に従い、五郎は死罪と決定した。

その後、頼朝は「仲間に引き入れた者がいるかどうか。母はこのことを知っているかどうか」とたずねた。五郎は「母も継父も知らぬ」と答える。

そうこうするうち、祐経の嫡子犬房が走り出てきた。五郎の顔をあお向けると扇でばたばたと叩いた。九歳の犬房の目には涙がたまっていた。

「叩くがいい。もっともっと」

五郎も涙を浮かべていた。この九歳の子どもにとっては自分は憎き敵である。自分達が父の祐経に殺され、ひとときもその敵を忘れる事がなかったように、この子は自分達をねらうだろう。殺しても殺し切れないほど憎むだろう。

「叩け、叩け、もっと叩け」五郎は犬房に打たれるままになっていた。犬房も五郎も泣いていた。二人は訳もなく悲しかった。

この後、五郎は十郎の遺体の近くに連れて行かれた。首実検をさせられたのだ。

「兄十郎にまちがいありません」五郎は兄の死体から目がはなせなかった。

兄の見事な死に様を目《ま》の当たりにして、五郎は身じろぎもせず、立ち尽くしていた。

「さすが、兄上。私も負けませんよ」

それから間もなくだった。鎮西の中太によって、五郎は首をはねられ絶命した。時に五郎は二十歳であった。

五郎が絶命すると、辺りは水を打ったように静まり返った。頼朝公は五郎斬首の報告を受けると「そうか」と言ったきり黙り、腕を組んだまま深く考え込んでいた。

頼朝公の心を満たしていたのは、この若者達の父親に対する純粋な孝心に対する感動だった。

頼朝は十四歳で流人となり成人した頃、天下を取り戻し、政争の中を生きて来た。自分の弟さえも信じられない時代をくぐり抜けて来たのだ。

その頼朝公が二人の若者のひたむきな孝養の心に打たれ、声も出ないのだった。

「二人の遺体をねんごろに弔い、茶毘《だび》に付すよう」ご家人達に命じた。

「罪人として扱ってはならない」

頼朝公は日頃の大将振りとは別人のように、やさしい表情をしていた。

頼朝公をこうまで感動させた二人の若者は、汚れた衣類も拭われ、顔や体もきれいに洗われ、あらためて二人並べられた。

ご家人達がそれぞれ慰霊した。二人によって傷を負わされた者達も、今となっては全て洗い流され、皆清々しい気持になっていた。

五月二十九日、夕方までに全てが終った。二人の遺体が骨になって骨壷におさめられて、その夜は更けて行った。

新しい朝が来た頃、曽我の里に向った鬼王兄弟が戻ってきた。富士野の騒ぎについては道すがら聞いた。

「それでは若様方は本懐を遂げられたのだ。よかった」と安堵しながらおそらく、もう生きてはいない兄弟を思って胸ふさぎ、富士野に急いだ。

曽我の庄の母は、二人の最期の手紙と小袖を鬼王兄弟から受け取ると、息子達の覚悟を知るのだった。そして、もう一度富士野に戻って二人を見て来てくれと、鬼王兄弟に依頼したのだ。

鬼王兄弟が富士野に戻った時、全ては終っていた。十郎五郎の愛馬だけが寂しくいなないていた。鬼王兄弟は二頭の馬と二つの骨壷を受け取ると、それぞれの馬の首に骨壷をぶら下げ、再び曽我の庄の母のもとに帰って行った。

富士野の巻狩を終えた頼朝公の一行は、鎌倉に戻って行った。途中、曽我祐信を先に帰らせた。その上、以後曽我の里の年貢課役を免じて、兄弟の霊を弔うよう命じたのだった。

曽我の母が一番心配した祐信に対する禍は何一つなく、その事では母は安心した。そして、底知れぬ悲しみの中に一人沈んで行くのだった。

母の涙

可哀想だったのは十郎五郎の弟、あの父の受難の日、母のお腹《なか》の中にいた御房丸という男子である。早くに実母から離され、父親の弟夫婦に引き取られたが、父の弟、伊東祐清が平家に味方して戦死したため、義母の再嫁先の武蔵の国府に移り住んでいた。しかし、御房丸はどこまでも悲しい子で、母の再嫁先と折合い悪く、この家を去り僧侶となっていた。

曽我兄弟の仇討ちの後、工藤祐経の妻子から「十郎、五郎にはもう一人弟があるはずだから処置して欲しい」と頼朝公に訴えがあった。

放っておく訳にもいかず、頼朝は律師房と名乗っていたこの弟の義父平賀義信に使者を送り、律師房が十郎、五郎の仇討ち計画を知っていたかどうかを問わせた。

すると恐縮した平賀義信が律師房の修行先の越後の国に行き、この子を引き連れて鎌倉に向った。

頼朝は律師房の話を聞きたかっただけなのに、甘縄まで来た時「明日梟首《きょうしゅ》されるだろう」という噂を聞いた律師房は、念仏を唱えて自害してしまったのだ。

梶原景時から律師房自害の報告を聞いて、頼朝は大変にこれを惜しんだという。

律師房が死んでしまうと、曽我の母満江御前の生んだ三人の男の子は亡くなってしまった。もう一人、京ノ小次郎も源範頼の家臣であったため頼朝から謀反の疑いをかけられ誅殺された。

京ノ小次郎は父違いの弟、十郎五郎から仇討ちの協力を依頼された時、「仇討ちなどというバカな事はするな」とにべもなく断っていた。

謀反の疑いで処刑される時「同じ死ぬなら五月に兄弟と一緒に死んだならば、如何ばかり勇ましかったであろう」と言って二十五歳の命を由比ヶ浜に散らしたのだ。

これで満江御前の生んだ男の子四人が全て死んでしまった。それもほんのわずかな月日の中での事だった。

ただ一人、生き残っていたのが、十郎五郎が二宮の姉御前と呼んだ相模国の二宮の庄の地頭二宮太郎朝忠の夫人である。

満江御前の最初の結婚で生んだ娘だったが、自らの手で育てる事も出来ず、外祖父の狩野大介茂光が引き取って育てた。

満江御前の父親である狩野大介は、満江御前を愛するあまり、満江御前が京都に行くのを嫌って、源左衛門仲成が京都に帰る際に二人を別れさせてしまったのだ。

それほど満江御前を愛していたのだから、その娘を引き取ってこの孫も愛しんで育てたのだった。

それでもこの娘は寂しかった。父も母もいないのだ。祖父を頼りに、伊豆の狩野の庄で成人した娘だった。この寂しい娘が仕合せを得るのは、二宮太郎朝忠に嫁してからだった。

祖父狩野大介の必死の尽力でこの縁談は成立した。実母の満江御前によく似た美しい娘は、夫の二宮太郎の心をとらえ、すぐに話はまとまった。二宮の庄の地頭の夫を得て、この人は生れて初めて安らかな自分の居場所を見つけていたのだった。

そんな折、父違いの弟二人が頼って来た。亡き父の敵を討つのだと十郎五郎に打ち明けられた時、二宮の姉御前は喜んで二人の協力者となった。

十郎五郎が敵工藤祐経が伊豆と鎌倉を行き来する時、二宮の庄は通り道であった。二人は良くこの姉御前の家に泊まって、じっと工藤の行列を見ていたものだ。

「何日でも好きなだけ、居ていいのですよ」と姉御前は兄弟に言った。また、十郎にとっては愛してやまない虎御前の居る大磯と二宮は目と鼻の先だった。

兄弟の本懐の結末を姉御前が聞いた時、彼女はまず彼等のために喜んだ。そして取り残された母の悲しみを思った。その母の心をなぐさめるのは自分しかいないと思い、母のいる曽我の庄を訪れた。

幼い日、別れて以来の再会であった。兄弟を亡くして涙にくれていた母は、二宮の姉御前の来訪を受けた時、どんなに心なぐさめられたか。

もう一人、この母をなぐさめた女性がいた。言うまでもない虎御前である。

兄弟の本懐を虎御前はいつ知ったのだろうか。遊里という所は情報の飛び交う所である。どこよりも早く正確に情報は伝えられる。十郎と六本松峠で別れた日、虎御前の覚悟は決まっていた。富士野の事は鎌倉武士達の話題の華《はな》であった。

十郎五郎が長年の念願であった仇討ちを果たし、見事散った事を虎御前は知り、一人涙にくれた。

そんな矢先である。虎御前に鎌倉の頼朝公から呼び出しがあった。兄弟の仇討ちに関与したかどうかという取調べを受けた。その結果、虎御前に罪はなしということで放免された。

虎御前に続き、鬼王兄弟も召し出された。鬼王兄弟は仇討ちの日、十郎五郎の母への手紙を託され、曽我の庄に行くよう命じられた事、役目を果たして飛んでもどった時、全ては終っていた事、二人のお骨をそれぞれの馬の首にぶら下げて曽我の庄へ帰り、母御前に届けたのだと話した。

頼朝公は二人の話を聞いて、とても感服し、出来るものならその母への手紙を見せて欲しいと言い出した。鬼王兄弟は曽我の庄に戻り、母御前が大切にしていた兄弟の手紙を受け取って頼朝に渡した。頼朝はその長大な二巻にも及ぶ母への手紙をくり返し読んで、その度に「感服した」とつぶやいた。

自分は父の愛も母の愛も知らず流人とされて、他人の思惑ばかりを気にして生きてきた。それに引きかえ、父を早くに失いながら母を思い、母のためにも仇討ちを志す兄弟の考養心に強く打たれた頼朝は、この仇討ちを称讃し武士の手本にすべきだ、とまで言った。

一方、放免された虎御前は曽我の庄に急いだ。十郎達の骨が埋葬されてしまわぬうちに、二人の霊を弔いたかったからだ。兄弟の母の涙をなぐさめる目的もあった。

曽我の庄では、母が泣いて暮らしていた。虎御前は母と一緒に泣くだけだった。二宮の姉御前も母と共に泣いた。

この年の六月十八日、虎御前は箱根別当坊に参って、髪を断って尼となった。箱根別当行実を戒師として出家したのである。法名を禅修比丘尼《ぜんしゅうびくに》と名乗って、修業の日を送った。

その時、虎御前はわずか十九歳であった。華やかな遊里の袂を墨染めの衣にかえて、虎御前が箱根山を下りたのは九月に入ってからだった。

そのまま曽我の庄に行くと、母はまだ兄弟の骨を抱えて泣いていた。そんな母をはげまして、兄弟が幼い日に遊んでいた花園に遺骨を埋葬する事をすすめた。虎御前は十郎の口から、孤独な兄弟が花園で遊んだ日の事を聞いていた。ここはお花畑と呼ばれる広場で城前寺に面していた。母と虎御前はここに兄弟の骨を埋葬する事に決めた。春には小さな花でいっぱいになる。激動の短い生涯を終えた曽我兄弟は、この曽我の庄の花に囲まれて、静かに眠ることになったのだ。

虎御前はこの埋葬の際、兄弟の遺骨を分けて貰い、二つに分けて包んで首にかけ信州の善光寺に赴いて、阿弥陀堂に納めた。阿弥陀とは極楽世界を主宰するという仏様だ。

「兄弟の霊が極楽浄土で安らかでありますように」と虎御前はひたすらに願ったのだ。

虎御前は信州に向かう途中、どうしても行きたかった所に行った。道順については鬼王兄弟にくわしく聞いた。

兄弟の没した地、富士野への旅である。教えられた通り、虎御前は三島大社に詣り富士野に向かう。日はどっぷりと暮れ、荒野にたった一人、虎御前は立っていた。兄弟が騒ぎを起こした頼朝の陣屋跡も、今は風の中で平地となって静かにたたずんでいた。

虎御前は兄弟の骨を首に下げたまま、その地に立っていた。その時だった、二つの火の玉がふわりと現れて、ふっと消えた。

後の世の人々はこの地に玉渡神社というものを建てた。

夕闇の中の虎御前は、二つの火の玉に出会えた事から小さな社を見つけ出し、ここに七日七夜参籠《さんろう》した。九月十三夜の名月は虎御前をなぐさめ、亡き十郎と共に過ごしているような思いがひたすら押し寄せたのだった。

その後、虎御前は熊野、吉野、天王寺などの西国の寺社に参り、信州の善光寺、宇都宮の二荒神社をめぐり、兄弟の菩提を弔って歩いた。合わせて、虎御前は土地の人々に、十郎五郎の物語を語って聞かせた。聞く者は虎御前の話に涙して、身じろぎもしなかったという。

曽我物語はこうして、日本中に広がっていった。

三年間そんな旅をして過ごした後、虎御前は曽我の庄にもどった。三年目の五月二十八日、曽我の母と共に三年の供養式を行った。周囲の者も驚くほど立派な供養式であった。この間に満江御前の夫、曽我祐信も命を終えていたので、曽我の母も出家した。亡夫と子ども達の供養のために造った、曽我大御堂に母と虎御前は共にこもって念仏三昧の日々を送った。

そこに二宮の姉御前もやって来て、母の孤独をなぐさめた。かの頼朝公も曽我の母の悲しみに深く同情して、多額の寄進をしてくれた。すでに頼朝は征夷大将軍《せいいたいしょうぐん》となり、ゆるぎない日本の支配者となっていた。

兄弟が逝って六年、正治元年（一一九九）母の満江御前が悲しみの生涯を終えた。

「息子達の所にやっと行けます」と母は満ち足りた笑いを頬に浮かべて、静かに息を引き取った。虎御前は母御前が五月二十八日に逝去した事を仏のはからいのように感じた。

あの仇討ちの日から丸六年、兄弟の命日に母はあの世に旅立った。生涯に三回も結婚し、その間に生んだ男の子四人を失い、後半生は哀しみと祈りの歳月だった。ただ嫁とも思う虎御前が心の支えになってくれた事が救いだった。

そして、ただ一人残された娘、二宮の姉御前と兄弟が慕ったやさしい女性が、母に考養をつくし母の支えとなったのだ。

その後、兄弟、母と皆没し、夫二宮朝忠も世を去ると、彼女は剃髪して尼になって花月尼と称した。

二宮氏居館の一隅に庵を結んで、亡き人々の冥福を祈った。この庵は後に知足寺と呼ばれる名刹となっている。花月院知足寺は二宮の丘麓にあって、心休まるような風情の寺である。

兄弟の母の支えとなり、なぐさめ、よく仕えたのは言うまでもなく、鬼王兄弟である。あの仇討ちの日、十郎五郎によって意図的に事件からはずされ、命長らえた鬼王兄弟は十郎達が考えた通り、哀しみの母に良く仕え、亡き兄弟の代わりをつとめた。

曽我の母が身罷《みまか》ると、鬼王兄弟は中井町鴨沢に来て、余生を送ったと伝えられている。

満江御前が二度目の結婚を決意して、河津の地に来た時、河津三郎祐泰の従者として、鬼王兄弟はその家にいたのだった。主人の祐泰が孤児の鬼王兄弟を引き取って、教育から武道まで二人にさずけたのだった。

だから二人は主人の祐泰の悲劇は耐えられない事であった。曽我兄弟の仇討ちの決意は、この従者二人の思いをも背負っていたに違いない。満江御前の命が終ると鬼王兄弟は中井町に来て、曽我兄弟や母、そして早くに殺傷された祐泰らの霊を弔って暮らした。

一方、虎御前は曽我の母が身罷ると大磯に戻り、化粧坂《けわいざか》の少将と共に高麗寺の奥に庵を結びここにこもった。

虎御前と行動を共にした化粧坂の少将というのは、曽我兄弟の五郎の愛人と言われた女性である。

虎御前は十郎死去より四十年、ひたすらに兄弟の霊を弔って生きた。十七歳で十郎に出会ってから生涯を十郎への愛でつらぬいた。

その虎御前もついに病を得て、六十四歳で生涯を終った。

私の『曽我物語』も虎御前の死によって終りとなる。

軍記物語『曽我物語』は兄弟の仇討ちから、百年を経た時、箱根権現の別当寺の僧がこの物語を書き、その後比叡山の僧がこれに想像や私見を加えて歴史小説にしたと伝えられている。

第二次大戦までは曽我兄弟は国民の鑑《かがみ》として尊ばれ、講談や浪曲を始め、歌舞伎の演目として使われたり、親孝行の手本として道徳教育講演などで高く評価されていた。

戦後の人々から見ると「夜、人の寝所に立ち入り、殺害して何が親孝行か」とにべもない。しかし私は思う。一つの物語が時代を越えて生き抜いて来たということは、そこに大きな魅力があったということだろう。「人は如何に生きるべきか」「どう死ぬべきか」物語の主人公達がそれを教えてくれる。

もう一つこの物語を輝かせているものは、まず曽我兄弟が美しい若者であったこと。母も美人の誉れ高い人、十郎の愛人も美貌の遊女であったこと。

美しい登場人物達が悲運と戦う事に心ときめかすのだ。

「時代」も一つの大切な背景である。平家全盛時代から、源氏の巻き返し、為政者の変更がそのまま時代の変革であった。どちらにつくかが、運命を変えていく。兄弟の物語も時代が生んだものともいえる。

時は流れて、あれから八百年が経った。平成も終わりという時代の中で『曽我物語』は如何に残されたか。

曽我物語遺文　消えた大日如来像

曽我兄弟の仇討ちの日から、八百二十年が経った。仇討ち話も今では忘れ去られてしまった。しかし、江戸時代、歌舞伎の主題となり、正月の縁起物として「曽我の対面」や「狩り場の仇討」が上演された。能の世界でも取り上げられ、「小袖曽我」「夜討曽我」などがテーマとなった。講談、浪曲はむろんの事、道徳教育講演でも国民の鑑とされたのだ。

明治になると「曽我兄弟の歌」も作られ、学校で子ども達に歌われた。

「一富士、二鷹、三茄子」の三つは見事本懐をとげた仇討ちを歌った言葉である。一番縁起の良い初夢は一富士である。富士の裾野の巻狩で親の仇を討った曽我兄弟を指している。

そうした物のほかに「曽我物語絵巻」が残されている。江戸期に作られた版画《はんが》である。版画である以上、日本中には数多く残されているのだろう。

幸いな事にそんな貴重な絵巻に私は出会ったのだ。

神奈川県中井町の「江戸民具街道」の一室であった。「曽我夜討之図」は歌川国芳の作であるという。すっかり古びたその絵巻は歳月を経て、あの日、八百年余も過ぎた日の富士野の姿を伝えてくれた。

それにしても、一体どこにこの版画は残されていたのだろうか。

館長秋澤達雄は語る。

「大戦が終った時のことです。中学生で軍に招集されていて、終戦を迎え、家にもどるとすぐ、家業の建築業に就いたのです。その頃は時代が大きく変わる時でした。古いものは全てゴミにされたのです。ある時大家の土蔵から絵巻が出てきました。『要らない』と言われたのですが、タダでは申し訳ないので、少し払って頂いて来たものです」

秋沢館長はこのようにして、絵巻物ばかりでなく捨てられて行く古い民具を集めて、自宅を博物館にして、広く人々に展示しているのだ。

人間には前ばかり見て、古い物には興味を持たない人と館長のように立ち止まって過去の品に光を当てる人がある。

古い民具はすでに文化遺産である。立ち止まってばかりいる私は館長が好きで懇意にしていただいている。

そんな館長の夫人毬子から別の話を聞いた。それが「消えた大日如来像」の話である。

平成二十四年二月のある日だった。その朝、中井町教育委員会の電話が鳴った。受話器を取ったのは草山一之だった。相手は上品な老夫人であった。千葉市在住の斉藤登美子と名のった。

草山は斉藤夫人の話を聞いて驚いた。「そんな事があるのだろうか」しばらく呆然としていた。

八百年前に失われた中井町の大日如来像の在り処が分かったのだ。教育委員会は興奮のるつぼとなった。

古来、中井町半分形《はぶがた》（かつての田中）には村の人々の信仰する大日如来像があった。

その大切な大日如来像がある時、忽然として失せたのだった。八百年も前のことだ。折しも曽我兄弟の仇討ちが話題となった。

それでもその仇討ち事件と大日如来像の紛失と結びつけるものはなかった。一体誰がいつ、三十キロもする仏像を厨子《ずし》ごと奪って行ったのか。田中の森の大日如来堂に安置されていた仏像は忽然と消えてしまったのだ。

また長い歳月が流れた。江戸の享保十八年（一七三三）、中井では二代目大日如来像を木製で作り、引き続き村の人々の信仰を集めてきた。後の世の人々がこの木製の如来像の胎内からある時、一枚の文書を見つけた。

その「大日如来之記」には「元の像は盗難のために行方知れず」と記されていた。

その時、初めてこの像が二代目であり、もとの像は何らかの原因で失われた事を知るのだった。

そして平成二十四年の春先が来た。斉藤登美子の話によって、中井町の大日如来像が山形県鶴岡市の龍雲院に安置されていることが分かったのだ。

斉藤の母の実家は、工藤といって鎌倉時代の工藤家の末裔である。

これまで鶴岡の大鳥地区二階巣《にかいす》という所でまつられてきた、大日如来像のお堂が老朽化し、像の維持も困難になった。そこで像は龍雲院に移される事になったのだ。

その際、像の由来書を斉藤登美子が毛筆で書き、お寺に奉納したのだった。斉藤はそこに「相模の田中の森」という文字に出会った。像はそこから持ち来たったものと知れるがそこがどこなのか、彼女には全く分からなかった。

彼女は厚木市在住の友人渡辺芳子にこの由来書を送り、相模の国、田中がどこなのか調べて欲しいと依頼した。渡辺は田中という地名が中井町にあった事をつきとめた。

その上でこの地に行方不明となった像があった事が判明し、斉藤の一報となったのだ。

ここまで来て、中井の人々は初めて八百年前の真実を知るのだった。

八百年前、将軍頼朝の側近として、ゆるぎない権勢をほしいままにしていた工藤祐経が富士の巻狩の夜、曽我兄弟の仇討ちによって、命を落とした。

兄弟の仇討ちは孝行息子の美談になってしまうと、暗殺された工藤の立場は微妙なものとなっていた。

頼朝公自身が仇討ちの後、生捕りにされた五郎の言葉に心を打たれて、その命を助けようとまで言い出したのだ。

頼朝は武士として、長い間の辛苦に耐えて、親の仇を討った兄弟の所業はあっぱれであると感じ入ってしまったのだ。

そうなると兄弟の敵となった工藤は立場を失う。伊豆の館で留守居を務めていた祐経の弟の工藤祐茂はあわてた。

そこへ梶原景時がやって来て「工藤祐経の子ども三人と祐茂兄弟四人が流罪と決定した」ことを告げた。梶原は流罪よりは逃亡をすすめたのだ。祐茂は残された一族で逃亡する事を決意する。そうするより仕方がなかったのだ。

建久四年（一一九二）六月十二日のことだ。あの仇討ちの日からわずか十五日目のことである。

あわただしく身支度をして祐茂ら二十三人は逃亡の旅に出た。一行は鎌倉の地を避けて、二宮から中村道に入った。甲斐、信濃路を経て、越後から東北を目指す旅だった。子ども三人を伴った旅は困難なものだった。

最初の夜になった。中村道を中井まで来ていた。農家の納屋や寺のお堂などに分散して一夜を明かしたのだ。

流浪の旅の始まりである。その時この相模の国、田中の森で大日如来像を見たのだ。工藤達はこの像に魅せられ「我等の守り本尊にしよう」と言った。

一族にはよるべない逃亡の日々であった。守り神が欲しかったのだ。

高さ三十センチ、重量三十キロの青銅の像である。苦難の旅では、かなりの荷物となったはずだ。それでも彼等はこの像が欲しかった。夜の明け去らぬうち、人目を避けて一行は旅を急いだ。漂泊の旅は越後を経て山形の鶴岡大鳥地区で終った。

大切に持ち来った仏像は、大鳥の二階巣の大日山大日堂に安置され、工藤一族のみならず土地の人々の繁栄と安泰を守ってくれるものとなった。

そんな日から八百二十年経った平成二十四年（二〇一二）六月、中井町半分形地区の人々が山形に向った。

森茂を団長とした九名の中井の人々が失われた大日如来に会うために旅立ったのだ。一行はまず龍雲院に安置された仏像に参拝した。

現地でもこの八百年のロマンは大変な話題となって、テレビや新聞社もかけつけた。

その後、一行は苦難の一生を送った工藤祐茂の墓参りをし、一泊二日の旅を終えた。歴史の流れの中で失われていた仏像に会えたことは何よりの喜びであった。

「それで、大日如来様はどんなお顔でしたか」と私は山形行きをした曽我功にたずねた。

「それがね、青銅製だからもうさびついて欠けちゃってね。老朽化もひどいものでした」と曽我は言った。

この時、曽我達を迎えてくれた大日如来の遷座先の龍雲院の藤原知雄住職は「中井町とは末永く懇意にして行きたい」と語った。

全てのきっかけを作った工藤家の末裔の斉藤は「不思議なご縁を感じます」と語った。

それにしても考えてみれば工藤一族は気の毒な人たちだった。曽我兄弟の華々しい仇討ちがもてはやされた影で文字通り敵役となり、悪役を引き受けて生きてきた。

それにもめげず、この一家は大島地区に来て、村おこしに尽力し、土地の人々から尊敬されてきた。それはそれで立派な生き方である。

一方、山形への旅を終えた中井町半分形の人々は自治会副会長の関谷満を中心に「歴史勉強会」を始めた。

勉強会に集ったのは、農作業で多忙な人や家庭の主婦達で、会は四十回を数えたという。

江戸民具街道の秋澤毬子も熱心なメンバーである。「歴史って面白いですね」と目を輝かせる。勉強会の会場は半分形自治会館である。

慣れない古文書と格闘する人々を二代目大日如来像がやさしく見ている。二代目大日如来像は町指定重要文化財として大切にされている。

これからもこの像は土地の人々の平安と幸を見守ってくれるのだろう。どんなに時代が流れても人の心は変わらない。よるべない人々は、これからもずっと仏に手を合わせることだろう。

あとがき

満江御前《まんこうごぜん》が曽我の庄に再々嫁するため二人の男の子を伴って、着いた所が国府津舟着場だった。私はこの国府津村の隣の前川村で育った。曽我の庄は今は下曽我と呼ばれている。

私の村とは目と鼻の先だ。中学生の頃、男の子達が「今日六本松に行くべえよ」とうれしそうに話しているのを何回も聞いた。六本松とはそんなに良い所なのだろうか。

後に、この六本松峠が曽我十郎と遊女虎御前が別れをする場所であった事を知った。大人になってから訪ねてみると、六本松は枯れ果て、辛うじて一本の松の木が立っていた。

あの少年達は何故ここがそんなに好きだったのか。恐らく山道を上りきって、目の前に広がる海が快かったのだろう。

この六本松峠を越えて、十郎は夜な夜な虎御前の住む大磯に馬を走らせた。そのひづめの音まで聞こえるような気がした。特に夜など家族が寝静まった時、机に向っていると、十郎の馬が山を越えて行く気配を感じた。

小田原の女子高校に入学すると同級生に、「中村さん」「神保さん」がいた。二人は曽我祐信の末裔だった。祐信は前妻の子三人があって、十郎五郎亡き後、その子等が曽我の血をついだのだ。

下曽我には作家の尾崎一雄先生がお住まいで、私は何回もお訪ねした。また、下曽我には日本奇祭の一つ傘焼き祭がある。十郎五郎が仇討ちに向う時、たいまつの代わりに傘を燃やして出立したという故事から、毎年五月二十八日、城前寺の境内に古傘を集めて、火をつけるという祭である。これにも何回となく参加させて貰った。空に立ち上る炎を見つめていると、純粋な曽我兄弟の突きつめた心が見えるような気持になったものだ。

近頃では古傘（和傘）を集める事もむずかしくなったと下曽我の

人々は話していた。

このように私にとって『曽我物語』は実に身近な物語だった。私の亡父は死の真際に私に言った。「ふるさとを掘りなさい」。父にそう言われた時、一番にこの物語が頭に浮かんだ。この壮大なドラマは、ふるさとの宝物だと思っていた。

春が近づくと下曽我の里は梅の香でつつまれる。最近は梅の名所として沢山の人がやって来るようになった。一番の人気は梅の花の間に見える小さな富士山であるという。

あの時、曽我兄弟が父の無念を晴らすため戦って死んだ富士が見えるのだ。

兄弟の魂は梅の里に静かに眠っている。

最後に大日如来記を教えて下さった、中井町の皆様に心から感謝申し上げたい。

《年表》

一一四七（久安三年）頼朝生れる
一一六〇（永暦元年）頼朝、蛭ヶ小島へ流刑
一一七二（承安二年）曽我十郎生れる
一一七四（承安四年）曽我五郎生れる
一一七六（安元二年）父、河津三郎祐泰暗殺される
一一七六（安元二年）母、曽我祐信に再嫁
一一八〇（治承四年）頼朝、石橋山挙兵。父祖の地鎌倉に入る
一一八二（寿永二年）祖父、伊東祐親自害
一一八三（寿永三年）兄弟、由比ヶ浜で処刑されそうになる
一一八六（文治二年）兄、十郎元服
一一九〇（建久元年）弟、五郎元服

一一九二（建久三年）頼朝、征夷大将軍になる
一一九三（建久四年）五月二十八日　兄弟、工藤祐経を討つ
一一九三（建久四年）九月　虎御前、十九歳で出家（六十四歳没）
一一九九（正治元年）五月二十八日　母、満江御前死去

《参考文献》

曽我兄弟　中野敬次郎　名著出版
曽我物語　坂井孝一　山川出版社
曽我物語　市古貞次　岩波書店
中村郷　竹見龍雄　ハヤシ印刷
曽我物語とその周辺　小田原城天守閣
城前寺本　曽我兄弟物語　立木望隆　城前寺発行

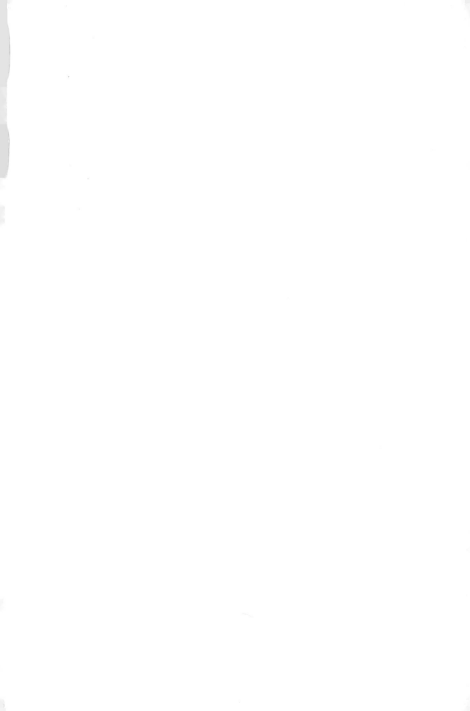

新井恵美子（あらい えみこ）
昭和14年、平凡出版（現マガジンハウス）創立者、岩掘喜之助の長女として東京に生まれ、疎開先の小田原で育つ。学習院大学文学部を結婚のため中退。日本ペンクラブ会員。日本文芸家協会会員。平成8年「モンテンルパの夜明け」で潮賞ノンフィクション部門賞受賞。著書に「岡倉天心物語」（神奈川新聞社）、「女たちの歌」（光文社）、「少年達の満州」（論創社）、「美空ひばり ふたたび」「七十歳からの挑戦 電力の鬼松永安左エ門」「八重の生涯」「パラオの恋 芸者久松の玉砕」「官兵衛の夢」「昭和の名優100列伝」「死刑囚の命を救った歌」「『暮しの手帖』花森安治と『平凡』岩掘喜之助」（以上北辰堂出版）ほか多数。

知足寺前にて。左から著者、秋澤達雄（江戸民具街道館長）、高田俊弘（同相談役）。

私の『曽我物語』

2019年4月20日発行
著者／新井恵美子
発行者／唐澤明義
発行／株式会社展望社
〒112-0002 東京都文京区小石川3-1-7エコービル202
TEL:03-3814-1997 FAX:03-3814-3063
http://tembo-books.jp
印刷製本／モリモト印刷株式会社

ISBN 978-4-88546-358-7 定価はカバーに表記